EL OSO, EL TIGRE Y EL DRAGÓN

ANDRÉS PASCUAL
& ECEQUIEL BARRICART

EL OSO,
EL TIGRE
Y EL DRAGÓN

LOS TRES ANIMALES QUE HABITAN EN TI

URANO

Argentina – Chile – Colombia – España
Estados Unidos – México – Perú – Uruguay – Venezuela

A Cristina e Itziar,
el oso, el tigre y el dragón de nuestras vidas.

1.ª edición: Abril 2017

© 2017 by Ediciones Urano, S.A.U.
Aribau, 142, pral. – 08036 Barcelona
www.mundourano.com
www.edicionesurano.com

ISBN: 978-84-7953-991-7
E-ISBN: 978-84-16990-48-1
Depósito legal: B-4.569-2017

Fotocomposición: Ediciones Urano, S.A.U.

Impreso por Liberdúplex, S.L. – Ctra. BV 2249 Km 7.4 – Polígono Industrial Torrentfondo
08791 Sant Llorenç d'Hortons (Barcelona)

Impreso en España – *Printed in Spain*

Índice

EL OSO

EL TIGRE

EL DRAGÓN

LA FILOSOFÍA

EL OSO

1

La vida es ahora

El hombre tranquilo llegó a la sastrería a la hora acordada. Llamó al timbre y pegó la nariz al escaparate para curiosear en el interior. Paredes de madera, baldas con carretes de hilo colocados en fila, expositores de botones de marfil... Los maniquíes saludaban como embajadores en una cena de gala. Durante décadas, aquel local había sido considerado uno de los más selectos de Sombría.

Se frotó las manos. En Sombría siempre había una desapacible niebla que calaba los huesos, siempre había que andar esquivando los charcos. Se decía que, mucho tiempo atrás, podían verse ardillas jugueteando sobre las hojas secas del parque y mariposas azules aleteando entre las madres que paseaban por los puestos de fruta. Pero el eclipse lo cambió todo. El sol se escondió tras la esfera negra de un planeta y la ciudad se sumió en la oscuridad y el frío. Las grandes chimeneas que se construyeron para caldear la atmósfera terminaron con las aves y las plantas, y los hombres se acostumbraron a no hablar por la calle para no dejar escapar su calor corporal.

Repasó mentalmente la conversación telefónica que había mantenido con el sastre, por si se había equivocado de día. Se aproximaba a los setenta, pero nunca había necesitado apuntar nada. Iba a sentarse en la escalera de incendios cuando un hombre de mediana edad con cara de haber dormido la siesta descorrió el cerrojo y le invitó a pasar.

—Soy el que llamó el lunes, no sé si recordará...

—Sígame —le cortó el sastre, dibujando una mueca y tocándose la sien como si tuviera un fuerte dolor de cabeza.

Cruzaron la primera estancia en la que se encontraban los expositores y la caja. De ahí accedieron a la sala donde se tomaban las medidas. En el centro se alzaba una plataforma de un palmo de altura frente a un biombo de espejos. A un lado había una puerta que daba al patio interior del edificio. Al otro, se encontraba el taller, un habitáculo lleno de rollos de tela.

—¿Ha pensado qué género quiere para el traje? —preguntó el sastre, que se esforzaba por resultar cordial, aunque sonaba agotado—. Puedo aconsejarle, pero tiene que decirme si es para un evento o para ir a trabajar.

El hombre tranquilo quiso creer que si le costaba tanto esfuerzo sonreír era porque acababa de pincharse el dedo con un alfiler.

—Sólo quiero estar elegante —respondió.

El sastre colocó sobre el mostrador un catálogo de retales con una amplia gama de grises, el único color que se vestía en Sombría. De entre ellos, el cliente escogió una lana fría. Acto seguido, se acercaron a un colgador con varias perchas y repasaron los modelos que mejor podían encajar con su anatomía. Con pinzas, sin pinzas; solapa ancha, solapa estrecha... En cuanto escogió uno, el sastre le pidió que se enfundara una chaqueta y un pantalón de muestra y le hizo subir a la plataforma, donde empezó a tomarle un sinfín de medidas que iba anotando en una cuadrícula.

El hombre tranquilo había esperado una sesión mucho más pausada. Para él, acudir a una sastrería era como recibir un masaje relajante. Disfrutaba con cada pequeña fase del protocolo, como escoger la tela del forro o los caracteres para sus iniciales en el bolsillo interior. Pero aquel sastre parecía querer terminar cuanto antes. No es que fuera desagradable con él, más bien se mostraba ausente, como si su cabeza estuviera en otro sitio mientras sus manos —a toda luz experimentadas— repetían patrones de forma mecánica, sin demasiada delicadeza.

—Es como si me estuvieras haciendo una radiografía —dijo, intentando favorecer otro clima.

—Es necesario medirlo todo porque tiene un hombro más caído que el otro.

Fue a dar una puntada sin soltar la hoja en la que seguía tomando sus notas y, entonces sí, se pinchó un dedo y soltó un improperio, maldiciendo su propio trabajo. Fue una explosión desproporcionada. Incluso si se hubiera cortado un brazo, habría resultado exagerada.

El hombre tranquilo permaneció callado.

El sastre dejó caer la hoja, que desapareció de la escena planeando, y se sentó en el suelo con la cabeza gacha.

El hombre tranquilo fue a preguntarle si estaba bien, pero saltaba a la vista que no era así. Ni siquiera era capaz de levantar la mirada, como si le avergonzase contemplar las imágenes de sí mismo que le devolvía el biombo de espejos. Esperó unos segundos antes de bajar de la plataforma y sentarse a su lado. Le ofreció la mano.

—Aún no me has dicho cómo te llamas.

—Gabriel —se presentó el sastre, conmovido por aquel gesto de ternura—. Discúlpeme, no estoy en mi mejor día.

—Puedo volver mañana…

—¡No! —le cortó, dándose cuenta al instante de que había sonado muy brusco—. Quería decir que no puedo perder tiempo.

El mecanismo de un reloj de cuco hizo sonar cinco veces el gong, confirmando que la tarde se les echaba encima. Un autómata con gorro de cascabeles salió a saludar.

—Mira —señaló el hombre tranquilo—, hasta ese bufón se ríe de nosotros. Pasamos el día corriendo tras un segundero que no se detiene nunca, como si la vida fuera algo que nos está esperando más adelante.

—¿La vida? Se me ha olvidado lo que es eso.

—La vida es ahora. El tacto de esta tela, cada latido de nuestro corazón.

—El dolor… —añadió Gabriel, parándose a observar el dedo en el que se había pinchado. Apretó la yema y se formó una gotita de sangre—. Siempre es lo mismo.

—No digas eso. Eres un hombre joven y apuesto. Estoy seguro de que, sea lo que sea lo que te acontece, sólo es una mala racha.

—Una racha demasiado larga…

—Al menos tienes un comercio afianzado de segunda generación —trató de animarle el hombre tranquilo.

Gabriel tomó aire de forma entrecortada y, dejándose acunar por la voz de aquel desconocido, se abrió a él sin levantar la vista del suelo.

—Ése es el problema. Todo iba como la seda hasta que, al morir mi padre, me hice cargo de la sastrería. He derramado tanto sudor entre estas cuatro paredes que tendrían que estar llenas de moho, pero el negocio se está hundiendo y me arrastra con él hacia el fondo. Yo antes no era así, puede creerme. Pero de pronto me siento perdido. Y lo peor de todo es que esta desazón se ha extendido a mi matrimonio. Llevo semanas durmiendo en un colchón tirado en el suelo de ese minúsculo taller, sin ver ni a mi mujer ni a mi hija.

—¿Por qué haces eso?

Gabriel se secó una lágrima con el dorso de la mano.

—Disculpe, no sé por qué le estoy contando todo esto.

El hombre tranquilo cogió del suelo la hoja con las medidas, apuntó algo por la parte de atrás y se la entregó.

—Quiero que vengas a esta dirección el próximo martes a las once de la mañana.

—¿Para entregar el traje?

—No. El día anterior enviaré a alguien para que lo recoja.

—¿Entonces?

—Tengo algo para ti que lo cambiará todo para siempre.

2

Mi bien más preciado

Gabriel pasó toda la semana pensando en la cita. Tras haberle dado un millón de vueltas al inesperado ofrecimiento de su cliente, seguía igual de desconcertado. ¿De verdad existía un elixir capaz de cambiarlo todo?

Cuando llegó el día y se apeó del tranvía en el lugar indicado, dibujó un gesto de extrañeza. Era una pequeña iglesia encajonada entre dos edificios, con una vidriera circular. El ladrillo estaba oscurecido por la humedad. A través de la puerta entreabierta, una melodía de órgano se filtraba hasta la calle.

Repasó la hoja con los datos del encuentro. Era allí, no cabía duda. Entró despacio, intimidado por encontrarse en un lugar sagrado. Últimamente se sentía tan despreciable que no creía merecer ninguna ayuda, y mucho menos venida del más allá. Sin embargo había acudido a la llamada del hombre tranquilo. Le intrigaba su misteriosa oferta, pero sobre todo sentía que podía llegar a ser su amigo.

Apenas había un puñado de personas desperdigadas por los bancos, pero ninguna era él. Al fondo del pasillo central vio un féretro. Estaban oficiando un funeral. Comenzó a pensar si todo aquello de la cita no había sido más que una broma macabra.

Se acercó despacio. El ataúd estaba abierto, rodeado de coronas de flores de plástico (la carencia de luz solar que provocaba el eclipse había exterminado los pétalos de Sombría). Le daba reparo asomarse pero, al mismo tiempo, algo que no podía explicar tiraba de él.

Reconoció la tela de inmediato.

El muerto vestía el traje que había confeccionado para el hombre tranquilo.

—Dios mío...

El muerto era el hombre tranquilo.

El órgano de tubos orquestó el momento con un acorde en sol menor que le provocó un estremecimiento.

¿Cómo era posible? Sólo habían pasado siete días desde la charla frente al biombo de espejos. Recordaba su voz acariciante, su elegancia, el gesto tierno que le dispensó cuando cruzó la puerta de la sastrería. Intentó reproducir la conversación, pero le costaba encontrar las palabras. ¡Debería haberle prestado más atención! Se vino abajo al pensar que ni siquiera llegó a ofrecerle un té.

Estaba nervioso, no sabía qué hacer. Sacó una barrita de cacao que siempre llevaba en el bolsillo y la extendió por sus labios resecos, tratando de ocupar su mente en cualquier cosa para mantener el tipo. En ese momento, un joven con chaqueta y corbata se acercó a él por la espalda. Al notar su presencia, dio un respingo.

—No quería asustarle —se excusó—. Usted debe de ser Gabriel, el sastre.

—¿Quién eres tú? ¿Por qué sabes mi nombre?

—Mi jefe dejó instrucciones precisas.

—No entiendo nada —repetía, sin poder apartar la mirada del difunto.

—Tal vez esto se lo aclare.

El joven le entregó un sobre. En su interior había una carta. No cabía la menor duda de que la había escrito su cliente. Era la misma letra manuscrita de la hoja donde había anotado la dirección.

Comenzó a leerla allí mismo, junto al féretro.

Querido Gabriel:

El otro día te decía que la vida es lo que nos está sucediendo en este instante, cada latido de nuestro corazón. Sé que, para cuando leas estas líneas, el mío habrá dejado de funcionar.

No te lamentes por mí, no tengo miedo. He tratado de estar a la altura y vivir con plenitud cada minuto, tanto los buenos como los malos. ¿Te has fijado que las lápidas del cementerio de Sombría carecen de fecha? Eso es porque los fallecidos no han vivido de verdad ni un solo día, es como si no hubieran pasado por aquí. Te aseguro que la mía tendrá una inscripción bien larga, y sé que tú también lo conseguirás. No permitas que el bufón del reloj de cuco siga metiéndote prisa. Estoy seguro de que sabrás tejer un porvenir maravilloso con la calma que merece esa labor.

Te ruego que acompañes a mi asistente a donde te indique. Él te hará entrega de mi bien más preciado.

Con mis mejores deseos,

un cliente satisfecho.

Le costaba creer que estuviera viviendo aquella escena. Pero el traje era real, se trataba de la misma tela que había cortado con sus tijeras; aquella expresión de paz era real, de pronto congelada como todo lo demás en Sombría.

—¿A qué viene todo esto? —acertó a decir.

—Tenemos que irnos —escuchó al asistente.

Dedicó una última mirada al hombre tranquilo. «Sólo quiero estar elegante», había dicho el día que se conocieron.

Mi bien más preciado, volvió a leer en la nota.

Suspiró y echó a andar detrás del joven hacia la calle.

3

Tres regalos en uno

El asistente condujo en silencio por la periferia de Sombría. Las farolas se encorvaban por el peso del cielo, de tan plomizo que estaba. Cruzaron una zona residencial de edificios de cemento, con pequeñas ventanas herméticas que cerraban el paso a la niebla. Dejaron atrás un área industrial cubierta por un hongo de humo negro y se introdujeron en el páramo que rodeaba la ciudad, una desolada planicie salpicada de ruinas.

Gabriel miraba inquieto por la ventanilla. Nunca se había alejado tanto del centro. Se disponía a pedir a su improvisado chófer que diera media vuelta, cuando llegaron a una casa señorial, con columnas en la entrada y grandes ventanales al oeste. Estaba claro que había sido construida cuando había atardeceres, antes de que el sol se eclipsara para siempre. A Gabriel le sorprendió que quedase en pie un edificio semejante, de pulcro mármol blanco irguiéndose sobre aquella tierra tan negra que parecía quemada.

—Mi jefe la compró al regresar de sus viajes y se dedicó a restaurarla —le informó el asistente mientras bajaban del coche.

—¿Qué viajes?

—Era astrónomo, por lo que necesitaba encontrar lugares desde los que poder contemplar con claridad la bóveda celeste.

—Dudo que haya algún sitio así en toda Sombría.

—Por eso viajó más allá.

—Permíteme que lo dude —repuso Gabriel—. ¿Quién querría arriesgarse a ir más allá? Como decía mi padre, al menos aquí conocemos los charcos que pisamos.

Si había vida más allá de Sombría, lo cierto era que no se mencionaba ni en los libros de la escuela, ni en los descorazonadores boletines de los noticiarios. Los habitantes de la ciudad ignoraban de tal modo esa posibilidad que bien podía afirmarse que no existía.

El asistente abrió la puerta del palacete. El interior olía al barniz de las pinturas que cubrían las paredes. Por todas partes se hacían hueco esculturas, alfombras de seda, tapices, muebles de caoba y hasta un piano de cola, en estancias iluminadas por lámparas de araña.

—No sabía que los astrónomos ganaban tanto dinero —murmuró Gabriel con los ojos abiertos como platos.

—Mi jefe decía que cuando miras más allá de las nubes, donde nos esperan un millón de soles y estrellas, todo es posible.

El sastre pensó que la única luz que iluminaba su vida era la de los relámpagos de la tempestad que le acompañaba a todas partes.

Se preguntaba cuál de aquellas obras de arte le habría legado el hombre tranquilo. Siendo su bien más preciado, como decía la carta, debía de tratarse de algo valiosísimo. Nunca había sido una persona codiciosa, pero se sentía tan desesperado que no veía el momento de hacerse con su regalo y salir disparado para vendérselo a un anticuario.

—Perdona que sea tan directo —se lanzó por fin, superando la vergüenza—. ¿Podrías decirme qué me ha dejado?

—¿Es que no lo sabe?

—Sólo dijo que es algo que lo cambiará todo para siempre.

El solo hecho de pronunciar esa frase le produjo un escalofrío de emoción.

—¿Por qué no prueba a adivinarlo?

—¿Tal vez es alguno de los cuadros? —entró al juego Gabriel, señalando la enorme pintura de una batalla naval.

El asistente negó con la cabeza.

—Ésos irán a parar a una fundación, al igual que las esculturas.

—¿Uno de los muebles?

Volvió a negar.

—Se quedarán todos en la casa, que se convertirá en una biblioteca pública. —Señaló una habitación con anaqueles de suelo a techo—. Ahí dentro hay miles de libros para aprender a mirar el universo

—¿No será dinero en metálico?

—Lo que había en las cuentas bancarias ha sido distribuido

entre unos parientes lejanos.

Gabriel frunció el ceño.

—¿Entonces?

—Son tres regalos en uno —le tranquilizó el joven, aumentando el nivel de expectación—. Sígame afuera.

Salieron al patio trasero. De pronto escuchó un brutal alboroto. Procedía de una caseta situada al fondo. No podía creer lo que vio cuando el asistente empujó la puerta corredera y encendió la bombilla.

Tres jaulas enormes.

En una de ellas había un oso, en la segunda un tigre y, en la última, un dragón.

4

El abrazo, la garra y la mirada

Agitó la cabeza para asegurarse de que no estaba soñando. Volvió a mirar..., y seguían allí. Enloquecidos, rugiendo y agitando las jaulas como si quisieran volcarlas.

El oso era una masa de pelaje pardo. Las orejas redondeadas de peluche contrastaban con su brutal anatomía. Erguido sobre las patas traseras, se aferraba a los barrotes, sacaba entre ellos el morro alargado y golpeaba el candado con furia mientras sus pequeños ojos se volvían dos brasas candentes.

El tigre era bello y salvaje como un tatuaje tribal. Sus músculos de cazador se tensaban bajo la piel naranja y negra. No dejaba de dar vueltas sobre sí mismo. Arañaba el suelo metálico de la jaula con sus uñas como cuchillos. Rugía para exhibir sus colmillos sedientos.

El dragón era el más grande de los tres. Un enorme lagarto con armadura de escamas y alas correosas. Golpeaba su cola como una maza medieval. Se colgaba boca abajo con sus poderosas patas y emitía graznidos acompañados de humo.

—¿Qué es esto? —gritó Gabriel por encima del estruendo y los chirridos.

—¡No se preocupe! —le explicó el joven, tapándose los oídos—. Normalmente no se comportan así. Están nerviosos por la ausencia de su anterior dueño. Ahora tendrán que acostumbrarse a usted...

El sastre no sabía qué pensar.

—Supongo que será una broma.

—¿Cómo puede decir eso?

—No sé qué estoy haciendo aquí —se reprochó, dando media vuelta.

—¡Espere! —le sujetó por el brazo el asistente—. ¡Deje al menos que le transmita las instrucciones de mi jefe!

—¿Qué instrucciones?

—Dijo que cuando usted reúna el abrazo del oso, la garra del tigre y la mirada del dragón, toda su vida se alineará como los astros en el cielo.

—¡No estoy para acertijos! —le cortó Gabriel, saliendo de allí más furioso que las propias bestias.

Una maldita broma, eso es lo que era, al igual que su propia existencia. ¿Cómo podía haber sido tan ingenuo de pensar que alguien que acababa de entrar por la puerta de la sastrería iba a arreglar sus problemas?

Abandonó el palacete sin mirar atrás.

Su fantasía había terminado.

5

Volar contra el viento

Durante las semanas que siguieron, apenas se levantó del colchón que tenía en el taller. Él, que había sido la persona más pulcra del mundo, ¡enfundado en una camisa arrugada y ennegrecida! También había sido el marido más amoroso y el padre más alegre que pudiera soñarse, y sin embargo se había convertido en un saco de tristeza arrojado a un rincón.

Una mañana sonó el timbre.

Un nuevo cliente...

«Ha llegado el momento de reaccionar», se dijo. Pero sus miembros no respondían. Seguía agazapado, con miedo de salir a la vida.

Volvieron a llamar.

Tocó de forma inconsciente el pequeño imperdible de plata que llevaba abrochado en la pechera, un fetiche de sastre que su padre le entregó antes de morir. El símbolo del negocio familiar transmitido de generación en generación. Respiró hondo y, entonces sí, salió a abrir recomponiéndose el pelo y alisándose la ropa.

Para cuando llegó a la puerta, ya no había nadie.

Un trueno. El escaparate se salpicó de lágrimas sucias. A través de ellas distinguió la silueta de una cigüeña que caminaba con sus largas patas bajo la lluvia.

Nunca había visto un ave en Sombría, salvo las que habían sido criadas en granjas para servir de alimento.

La siguió con la mirada. El plumaje calado, el pico largo, por cuya punta discurría un reguerito de agua. La cigüeña se volvió hacia él, tan sólo un instante, y levantó el vuelo lanzándose contra el viento.

Contra el viento, benditos pájaros...

—Pero ¡¿qué pájaros?! —estalló—. Las chimeneas construidas tras el eclipse exterminaron a todas las aves. ¡No puedes ser real!

Se frotó los ojos, temiendo que estuviera empezando a sufrir alucinaciones. Se decía que, en la antigüedad, la cigüeña simbolizaba la compasión, por ser un animal que cuidaba de sus progenitores cuando éstos envejecían; y también representaba el fin de la estación invernal y la llegada de un nuevo período de dicha y gozo.

Fue a asomarse para seguir su rastro en el cielo, rogando que realmente fuese la portadora de alguna buena nueva, cuando el teléfono sonó sobre el mostrador.

El corazón se le aceleró. Descolgó y permaneció callado con el auricular pegado a la oreja.

—¿Gabriel? —escuchó al otro lado—. ¿Está usted ahí?

Abatido, reconoció la voz del asistente del hombre tranquilo. ¿Qué demonios quería? ¿Volvía a necesitar un payaso de quien reírse?

—Creo que lo dejé muy claro el otro día —acertó a decir con un brote de dignidad—. Te ruego que no me molestes más.

—Tiene que venir ahora mismo. Sus animales se están muriendo.

6

Confío en ti

Mientras se aproximaba al palacete envuelto en bruma, no dejaba de preguntarse «¿Por qué mis pies avanzan hacia allí si mi cerebro les ordena que se detengan?» Últimamente, nada estaba coordinado en su interior.

—Se ha dado prisa —celebró el joven asistente cuando abrió la puerta, estirado como un mayordomo de época.

Gabriel cruzó el umbral en silencio y fue directo a la caseta del patio trasero.

La escena distaba mucho de ser la del primer día. El oso se había acurrucado en un rincón de la jaula sobre una alfombra de su propio pelo, que había perdido casi por completo. El tigre yacía en mitad de la suya, atenazado por el dolor que le provocaba una infección en sus uñas retráctiles que había inflamado las almohadillas de sus patas. Al dragón le cegaban unas repentinas cataratas y movía la cabeza a un lado y otro, notando que alguien había entrado pero sin poder reconocer apenas unas sombras más allá de los barrotes.

—Cada día están peor —se lamentó el asistente.

Gabriel los contempló con verdadera lástima.

Las tres fieras, tan desamparadas... Se estremeció al pensar que era como mirarse a sí mismo en un espejo.

—Están escuálidos —observó.

—Ése es el problema. No sé cómo alimentarlos.

—¿No han comido nada desde que murió su dueño?

—Le juro que lo he intentado todo: pollos, verduras, piensos, pero no hay forma de acertar. Mi jefe se ocupaba personalmente de ellos y nunca se me ocurrió pensar que algún día me tocaría hacerlo a mí. Él los tenía siempre sueltos, campaban a sus anchas por la casa, pero apuesto a que si abro esos candados me devorarán en un santiamén.

—¿Y qué pretendes que haga yo? —se lamentó Gabriel.

—Lo que debería preguntarse es qué pretendía mi jefe al legárselos.

—¿Al legarme tres animales enfermos?

—Para él eran su bien más preciado, no lo olvide. Tal vez sabía que iban a enfermar al quedarse solos y, precisamente por eso...

—Precisamente por eso, ¿qué?

El asistente tomó aire.

—Confió en que usted fuera capaz de sanarlos.

Los tres animales se giraron hacia Gabriel como si siguieran la conversación y, de súbito, comprendió por qué había acudido a la llamada.

—Me encomendó una misión... —musitó, mientras un escalofrío le recorría la espalda.

Nadie había confiado en él en mucho tiempo. Mucho menos él mismo. El hombre tranquilo dijo que el regalo cambiaría su vida para siempre, algo que —ahora se daba cuenta— no podía lograr una pintura de época ni una jugosa cuenta bancaria. Ambos sabían que un puñado de billetes reusados sólo la habrían parcheado temporalmente, terminando por despegarse para dejar de nuevo abiertas las heridas.

Una misión... Sin duda resultaba inspirador, de pronto anhelaba descubrir qué recompensa le esperaba más allá del reto. El problema —se desinfló— era que, cuando fracasase, la caída sería aún más estrepitosa.

—Si has probado a darles todo tipo de alimentos y nada ha funcionado, ¿qué puedo ofrecerles yo?

—Tal vez en sus lugares de origen haya comida apropiada para cada uno —improvisó el asistente.

—¿Todavía pretendes hacerme creer que tu jefe llegó a ir más allá de Sombría?

El joven le pidió que le siguiera hasta la sala de lectura donde se archivaban los tratados de astronomía. Se plantó frente a una pared de la que colgaban tres marcos con fotografías en sepia. Una de ellas mostraba al hombre tranquilo recostado sobre el lomo del oso en un bosque, junto a un lago plateado. En la otra posaba marcial junto al tigre, que se erguía desafiante sobre sus patas traseras entre baobabs y nativos con vestimentas de rayas y lunares. La tercera recogía el instante en el que el dragón se lanzaba a volar desde la cima de una montaña más alta que las nubes, sobre la que una versión muy joven del astrónomo saludaba y reía.

—No puedo creerlo. No sabía de nadie que hubiera sido capaz de...

—Sólo sé que no puedo tenerlos aquí más tiempo —le cortó el asistente—. Voy a cerrar la casa y no puedo dejar que se pudran en esas jaulas.

—¿Estás insinuando que me los tengo que llevar?

—Son suyos.

—Pero ¡yo no tengo sitio ni siquiera para mí! ¿Dónde voy a meterlos a ellos?

Escucharon el claxon de un camión que avisaba de su llegada desde el porche.

—Pues tendrá que idear algo de inmediato. Tras nuestra conversación telefónica he avisado a los de la agencia de transporte y ya están aquí.

7

Una barrita de compasión

Cargaron las jaulas en la parte trasera del camión y condujeron hasta la sastrería.

Le ayudaron a introducirlas por la puerta trasera hasta el patio interior que conectaba con la sala en la que tomaba las medidas. Cuando abría esa puerta para que entrase luz natural, se colaba un frío contra el que nada podía hacer la estufa de petróleo. ¿Cómo iba a tenerlos allí? Los tres armazones ocupaban casi todo el hueco y obturaban las rejillas de desagüe. Alzó la vista para comprobar si había algún vecino asomado. Solían recriminarle por cualquier nimiedad, y aquello era bien serio.

—Sé que es un sitio indigno, pero no tengo otro —se excusó como si sus animales pudieran entenderle, aunque en realidad estaba siendo condescendiente consigo mismo.

El oso se aferró a la portezuela de su jaula y comenzó a gruñir.

—¡Quieto! —trató de calmarlo sin formar mucho escándalo.

Temiendo que pudiera romper el candado, cogió del suelo un tramo de tubería que se había desprendido en la última tormenta y golpeó los barrotes. Pero en lugar de mostrar autoridad, con aquella violenta exhibición de mando sólo consiguió empeorar las cosas. El oso comenzó a dar tumbos y a lanzarse contra las paredes. Gabriel golpeó de nuevo, a lo que el animal contestó profiriendo unos gruñidos espeluznantes. Al estar tan enfermo y prácticamente sin pelo, resultaba aún más aterrador.

Entró a toda prisa en la sala y cerró la puerta tras de sí. Se tapaba los oídos, metía la cabeza bajo montones de tela, pero no podía dejar de oírlo.

De pronto recordó que su padre, cuando tenía que atender a un cliente difícil, encendía su viejo gramófono. Antes de empezar a tomar medidas, las melodías dibujaban tirabuzones al compás de la máquina de coser y todo marchaba a la perfección.

Fue a buscarlo a un armario que no había abierto desde que se había hecho cargo del negocio. Allí seguían también los viejos discos, cada uno protegido por una funda de plástico. Sacó el primero, una sonata para piano de Beethoven. La aguja rascó el vinilo y las primeras notas inundaron la sastrería. Entreabrió la puerta del patio, pero el oso parecía no oír la música, solapada tras los golpes y gruñidos.

Se preguntó por qué su plan no había funcionado. Miró la portada. Junto al nombre del intérprete se leía Sonata n.º 8 en Do Menor, seguido de *Patética*, que era como el alemán la había titulado.

—Un nombre perfecto para la banda sonora de mi vida —masculló.

Vio que en un recuadro de la parte inferior había una reproducción de la firma del músico acompañada de una cita suya que decía: «El único signo de superioridad que conozco es la bondad».

Levantó de nuevo la vista hacia el animal.

Hacía mucho tiempo que se negaba a ser bondadoso consigo mismo. En realidad, no se permitía ni un atisbo de compasión. Tal vez por ello se le había olvidado cómo ser compasivo con los demás...

Cogió de nuevo la tubería, la levantó y, cuando el oso se puso a la defensiva, la arrojó al suelo. Aprovechando la confusión del animal, sacó del bolsillo la barrita de cacao para los labios y la dejó abierta en una esquina de la jaula.

—Sé que esto no puede curarte, pero espero que te alivie un poco —dijo.

El oso lo miró con reparo, pero no se resistió a acercar el hocico. Colocó la zarpa encima, haciendo rodar la barrita y llevándose adherido el cacao para, después, sacar la pata entre los barrotes.

Gabriel reculó para ponerse fuera de su alcance, pero pronto se percató de que aquella mole no tenía intención de atacarle. Estiraba hacia él la zarpa lánguida como si quisiera... ¿que le extendiera la crema?

¿Cómo iba a arriesgarse a hacer algo semejante?

Volvió a leer la frase del disco que aún tenía en la mano y pensó en lo que acababa de ocurrir.

Un acto de compasión es una muestra de poder...

Cerró los ojos y alzó el brazo despacio hasta que, con la punta de los dedos, tocó la zarpa pelada. En lugar de arrancárselos de cuajo, el oso ronroneó como un gatito. Gabriel, todavía con el miedo en el cuerpo, se decidió a hacer lo que le pedía, y cuando hubo terminado siguió acariciando la piel aquejada por aquella extraña alopecia, dulcemente, hasta que el grandullón dio media vuelta y se convirtió en un ovillo despeluchado que empezó a respirar con la cadencia de un recién nacido.

8

Preguntas frente al biombo de espejos

Tras aquella inaudita conexión con el animal, no pudo volver a mirarlos de igual forma. Les preparó tres recipientes llenos de comida pero, como ya le había anunciado el asistente del hombre tranquilo, ni siquiera la tocaron. Ahora que había empezado a ser compasivo sentía la necesidad de seguir brindándoles cariño; y dado que no sabía cómo alimentarlos, la única forma que se le ocurrió fue echarse una manta por encima y sentarse junto a las jaulas para pasar la noche con ellos en el patio húmedo.

Por la mañana, mientras recogía los cuencos, notó diferente al oso. Aunque pudiera parecer imposible, el animal había ganado algo de peso y, lo que era aún mejor, le había salido pelo en las patas traseras.

Se fijó en su bol. Lleno.

—¿Qué has comido por ahí sin decírmelo, amigo?

Pronunció aquella última palabra sin pensarlo. El oso se giró, dejando a la vista otro nuevo mechón en la parte baja del lomo. Gabriel lo contempló maravillado. ¡Era como si acabara de salirle!

En ese momento le pareció oír algo. Permaneció quieto hasta que reconoció el timbre de la sastrería.

Un cliente…

Dejó en el suelo los recipientes de comida con cuidado de no derramar su contenido, se limpió las manos nervioso con un trapo y salió a abrir.

Quienquiera que fuese debía de llevar un rato llamando, porque, al igual que la vez anterior, para cuando llegó ya no había nadie.

Asomó la cabeza y miró a un lado y otro de la calle. Caía una fastidiosa llovizna. Un semáforo averiado emitía un zumbido. El reguero turbio de un canalón había formado un charco frente al escaparate. Vio una silueta que se alejaba entre la niebla. Le llamó la atención su corta estatura. Se fijó mejor. Aquella coleta un tanto ladeada, la falda que dejaba al aire dos pantorrillas larguiruchas como juncos…

—Mi pequeña…

Era su hija. Sintió una punzada en el corazón. Seguro que también había sido ella la que había llamado a su puerta días atrás.

Quiso gritar su nombre, pero las palabras no pasaron de su garganta. Permaneció clavado en la acera viendo cómo la niña se desvanecía entre la niebla.

Entró de nuevo en la sastrería con el pelo y los hombros mojados. Caminó con rabia hasta la jaula del oso y se abrió a él en un sollozo desgarrador:

—¿Por qué no puedo mirar a la cara a las personas que más quiero en el mundo?

Nada más decirlo se sintió aliviado. Hacía tiempo que quería formular en voz alta aquella pregunta que le quemaba las entrañas. Más de una vez se había parado ante el biombo de espejos para hacerlo, pero se había resistido porque intuía que la respuesta iba a venir por añadidura y no le iba a gustar. Pensó que al preguntárselo al oso, con quien estaba entablando aquella inusual relación, la respuesta iba a ser menos dura. Pero por desgracia sólo había una posible: actuaba así porque quería torturarse. Se había alejado de su mujer y de su hija como castigo por ser un fracasado.

9

La grieta y la flor

Un fracasado…

Al menos lo había admitido. Se había liberado de una pesa de cien kilos.

Cayó derrengado al suelo, apoyando la espalda en la pared mojada del patio.

—Se suponía que mi vida debería haber sido tan exitosa como me la habían pintado —le contó al oso—. Era el hijo del sastre más prestigioso de la ciudad, vestía los trajes que más favorecían y conquisté a la mujer que todos pretendían. Aprendí el oficio y realmente me gustaba darle a la tijera. ¡Vaya que si me gustaba! Pero cuando mi padre falleció y me hice cargo del negocio, todo se vino abajo. De verdad que intenté hacer las cosas como él, pero una voz grave me golpeaba día y noche: «No le llegas ni a la altura de los talones». «Eres un fraude.» Mi padre había sido un triunfador y yo siempre había buscado su aceptación. Incluso tras su muerte seguí poniéndome metas que pudieran satisfacerle. Pero eran tan inalcanzables que me hicieron perder toda la ilusión, hasta el punto de que llegó a asquearme venir a trabajar. —Se llevó las manos a la cara, lamentándose—. ¿Cómo va a ser de otro modo? ¡Las cadenas de ropa no paran de abrir franquicias y yo estoy encerrado en este cuchitril! ¿Qué pretenden que haga con un local tan viejo? Basta con echar un vistazo al techo para darse cuenta de que hay grietas por todas partes.

Tap.

Tap.

Tap.

Al mirar hacia arriba descubrió que en una de ellas se había formado una gotera.

—¡Lo que faltaba! No puedo más…

Arrastró los pies en dirección al taller y se dejó caer sobre el desvencijado colchón. Con suerte, en un rato el techo se le vendría encima; o quizá antes se inundaría la sastrería y la riada se lo llevaría hasta una ciénaga en la que no tendría que preocuparse de nada nunca más.

El oso, que se había mostrado muy tranquilo durante todo el día, zarandeó la jaula y gruñó con fuerza, agitando el hocico en dirección a la grieta del techo.

Gabriel resopló.

—Ni siquiera oías la música del gramófono y ahora va a molestarte el ruidito de una gotera…

Pensó en ir a buscar un recipiente, pero los que habrían servido para recoger el agua estaban ocupados con la comida de sus animales. Tras dudar unos instantes, se arrodilló en el colchón y rescató una caja de cartón que acumulaba polvo en un rincón.

La contempló pensativo. En ella guardaba las dos únicas cosas que había traído consigo al marcharse de casa. No era capaz de abrirla.

Tap.

Tap.

Tap.

Y otro gruñido.

Despegó la cinta de embalar como si estuviera retirando un vendaje y sacó una maceta llena de tierra más dura que una piedra. Un año antes, su hija había tenido que hacer un experimento en clase de ciencias y no se le ocurrió otra cosa mejor que plantar una semilla. Todos se rieron de ella. La pobre lloró y lloró, asegurando que tarde o temprano brotaría una flor, pero la profesora la envió de vuelta a casa con la maceta. Bendita niña... Nadie le había explicado que el eclipse no se llevaba bien con el reino vegetal.

Volvió a la sala y la colocó bajo la gotera. Pensó que, estando la tierra tan reseca, sería capaz de absorber mucha agua.

Al cabo de un rato pasó por delante y se quedó perplejo. En el centro del tiesto había germinado una flor. Una diminuta margarita con todos sus pétalos y hasta una hoja en el tallo que se esforzaba por mantenerse erguido.

Se fijó en la grieta del techo, después miró al oso, que le observaba atento desde su jaula a través de la puerta del patio, y dijo:

—Por las grietas también se filtra la vida.

Nada más terminó de pronunciar aquella frase, como por arte de magia, comenzó a ver a su alrededor una sastrería diferente. Tenía grietas, sí. Pero también comprendió que aquellas fisuras, al igual que cualquiera de las maderas nobles de la entrada, eran las que convertían su establecimiento en un lugar único. No era tan moderno como otros locales recién abiertos, ni tenía un equipo de jóvenes vendedores con traza de modelos, pero era único. ¿Quién podía negarlo? No conocía ningún otro sitio de Sombría donde hubiera nacido una flor.

10

Soy único

Pasó el resto del día sin poder despegar los ojos de la grieta del techo, como si hubiera sufrido una revelación.

La sastrería era única. Era tan bello pensarlo así... No era vieja. Era clásica. Tenía una historia, cientos de historias mejor dicho, las de todos los clientes que habían pasado por allí. Cada grieta era un anillo en el tronco de un árbol, una rama en la cornamenta de un ciervo. Cada grieta era un grito de vida.

Se volvió hacia la puerta del patio para compartir sus pensamientos con el oso, que mejoraba visiblemente al tiempo que él despertaba a emociones desconocidas.

—¡Qué equivocado estaba! He de amar esta sastrería tal y como es, sacar partido a esa enorme virtud que había permanecido oculta a mis ojos: que es un local auténtico, que no hay otro igual. Está claro que necesita una mano de pintura y tendré que reparar algunos desperfectos, pero lo importante es esta atmósfera de tiempos pasados. —Respiró hondo—. Ningún nuevo modisto, por mucho presupuesto que tenga, puede conseguir este aroma a lugar verdadero.

Respiró hondo y estiró los brazos en señal de victoria, como un niño que ha metido un gol. ¡Qué liberación! Se sentía exactamente así, uno de esos niños que, como su hija, despertaban al mundo a cada momento, asombrándose a cada paso, avanzando sin cadenas.

—¡Gracias, hija! —exclamó—. ¡Por creer que en la tierra más seca podía brotar una flor! ¡Por creer que tu ilusión era una fuente de energía superior a cualquier sol!

Se sintió muy orgulloso. Su pequeña le había dado una importantísima lección: para crear, primero hay que creer.

Pensó en ir corriendo a buscarla para darle un abrazo interminable, pero el oso llamó su atención.

Había sacado entre los barrotes ambas zarpas peladas. Gabriel se dio cuenta de que, en esta ocasión, no le estaba pidiendo que lo acariciase. Quería...

¿Que lo abrazase?

Le había perdido el miedo, por lo que tal vez lo habría abrazado si el animal hubiera tenido su pelo. A todo el mundo le apetece pegar al cuello un muñeco mullido. Pero así, enfermo como estaba, le daba un poco de reparo...

Se quitó de en medio con disimulo, como si aquello no fuera con él. Pero al entrar en la sala se vio reflejado en el biombo de espejos y sufrió un tremendo shock. Su estado era igual de lamentable que el del oso. Éste había perdido su traje de peluche por aquel extraño mal que padecía; y él también había perdido su propio traje por otro tipo de mal que tenía que erradicar de inmediato. No se quería, no se respetaba, no tenía compasión de sí mismo, y se había abandonado hasta el punto de ir vestido como un pordiosero.

Miró al oso con un punto de fascinación.

—Al final va a resultar que eres un sabio... ¿Cómo podía pretender que mi hija me abrazase si ni yo mismo soy capaz de hacerlo?

El oso gruñó.

—Yo, como mi sastrería, también estoy lleno de grietas. Y es cierto que hay que darles unos buenos brochazos de pintura y cerrarlas definitivamente...

El oso volvió a gruñir.

—Pero son precisamente esas grietas —siguió, envalentonado—, al igual que mis virtudes, las me convierten en una persona incomparablemente única. Soy único...

Al llegar a ese punto, resonó en su interior aquella voz grave que lo tiranizaba:

«¿Qué te hace pensar eso?»

«¿Quién te has creído que eres?»

«¡Eres un fracasado, un fraude!»

Y estuvo a punto de venirse abajo, como siempre. Pero entonces vio la maceta con la flor en el suelo y repitió:

—¡Soy único! ¡Tanto como para haber creado algo tan maravilloso como esa niña que se ha perdido entre la niebla!

El oso lanzó un último gruñido desde el patio, tan profundo que hasta vibró el suelo.

11

La fuerza de las palabras

Gabriel respiró hondo un par de veces con los ojos cerrados y sentenció:

—Nunca más.

Nunca más permitiría que la voz grave que sonaba en su cabeza le torturase. Aquella voz no le hablaba de sí mismo. Le hablaba de una pequeña parte de sí mismo. Y, lo que era aún peor, en lugar de animarle a cambiar esa pequeña parte que no le agradaba, le fustigaba una y otra vez con ella para terminar de hundirle. No era justo. No podía permitir que una simple grieta eclipsase toda su luz.

Corrió hacia el gramófono y, sujetando entre sus manos el disco de la sonata *Patética*, pensó: «Nunca más ese título». Se había dado cuenta de la fuerza que tenían las palabras. Durante mucho tiempo se había llamado a sí mismo «fracasado», fraude»... Y había llegado a creer que era verdad.

Rebuscó entre los vinilos y escogió la sonata número 23, que Beethoven tituló *Appassionata*. Ésa era la única melodía que iba a escuchar a partir de entonces, la de la pasión, la del entusiasmo. Las palabras tenían poder destructivo, pero también liberador. Una palabra podía arrebatarle la libertad (¡cuánta gente en Sombría se habría quitado la vida al escuchar un «no te amo»!), pero también podía devolvérsela.

Colocó la aguja sobre los surcos del disco y la sastrería se inundó de emociones en forma de notas y silencios, compuestas justo cuando la sordera del compositor había empeorado sin remedio. Beethoven también quiso motivarse con la palabra «*Appassionata*». También quiso creer que, aunque sus oídos habían dejado de oír, seguía siendo capaz de crear. Y por sus grietas se filtró la música más bella.

«¿Cómo pretendía conseguir alguna meta en la vida si mis propios labios forjaban la más alta de las barreras? Todas las palabras que use a partir de ahora tendrán su propia luz. Tal vez el sol de Sombría se haya eclipsado para siempre, pero yo, al igual que mi hija, estoy dispuesto a brillar por mí mismo.»

12

Te arroparé cuando tengas frío

Para cuando los acordes finales de la sonata retumbaron como salvas de cañón, Gabriel ya sabía que no sólo había de amar su sastrería, por muchas grietas que tuviera. Antes de nada, tenía que amarse a sí mismo. Sólo entonces podría amar a los demás... y dejarse amar por ellos.

Desde el momento en el que tomó conciencia de esto, despertaron en su interior emociones que habían permanecido en letargo. Regresó a la caja de cartón y sacó el otro objeto que guardaba: una fotografía de su boda.

Fue a mostrársela al oso.

—¿Ves qué preciosidad?

El animal echó la cabeza hacia atrás.

—Sí, sí, ya sé que estás pensando que estoy embobado con mi mujer, y es cierto. Pero ahora no me refería a ella, sino a mi traje. ¿A que está cortado de forma impecable? Fue la primera prenda que confeccioné para mí... Y también la última, porque tras la ceremonia empecé a trabajar con mi padre y a juzgarme a cada paso. No había forma de fluir. Intentaba a toda costa ser el mejor, sin darme cuenta de que lo que tenía que lograr era ser el único. Ser... yo mismo, con mis grietas y mis virtudes. ¡Así va a ser a partir de ahora! He decidido creer en mí y crear el mejor traje que hayas visto jamás.

Recordó las palabras del hombre tranquilo: «Sólo quiero estar elegante». Revivió con pena el momento en que le había visto en el interior del ataúd y concluyó:

—Yo también quiero estar elegante para mi mujer, como cuando nos conocimos.

El oso emitió un ronroneo apacible, al que siguió un repentino escalofrío. La niebla de la calle se había apoderado del patio y les calaba hasta los huesos.

—Tú también tienes frío, ¿verdad?

Recordó los tiempos en los que llegaba a casa bien entrada la noche, cuando su mujer y su hija ya estaban dormidas. Se acercaba a la cama de la pequeña, acariciaba la piel de gallina de sus brazos y los cubría con la manta. Ahora comprendía que, si se quedaba en el taller hasta tan tarde aunque no tuviera encargos, era porque quería que ellas pensasen que todo iba bien. En lugar de pedirles ayuda, ponía todo su empeño en que no percibieran su angustia. Lo que más deseaba era quedarse dormido a su lado, pero le daba pavor que la niña le reprochase que era un mal padre que no la quería o que sintiera vergüenza de él, y terminaba yendo a dormir al salón una noche tras otra, volviéndose más y más sombrío, como la ciudad, hasta que un día ni siquiera apareció por casa.

Cogió su propia manta, que seguía doblada en una esquina del patio tras haber dormido al raso la noche anterior, y fue a lanzársela al oso a través de los barrotes. Pero en el último momento se detuvo.

—Tal vez me arrepienta de esto, pero...

Abrió la puerta de la jaula y entró despacio. El oso le observó sin desconcierto, con la paz de un monje que no tiene nada que le pueda ser sustraído. Gabriel tragó saliva y le echó la manta por encima, tapando con cuidado las zarpas sin pelo.

El oso no se revolvió contra él.

El oso no le reprochó nada.

El oso no sintió vergüenza de él.

Y se quedó a dormir a su lado.

13

El abrazo del oso

Despertó abrazado al animal.

Todavía entre la vigilia y el sueño, vio que la manta estaba en el suelo. ¿A qué se debía entonces aquella sensación tan mullida? Se separó de él con cuidado, tratando de no despertarle.

Su amigo estaba recuperando el pelo en todo el cuerpo.

Sintió un cosquilleo de satisfacción. El hombre tranquilo estaría orgulloso de él. Había descubierto cómo alimentar al primero de sus animales. ¡Sólo tenía que abrazarse a sí mismo para poder abrazarlo a él! Sé compasivo contigo y podrás serlo con los demás, le decía el oso con sus suaves ronquidos de bebé; acéptate tal y como eres (un ser único) y podrás comprender al prójimo; sé generoso contigo y podrás dar al mundo la mejor de tus versiones. En suma: ámate a ti mismo y podrás entregar amor.

«Tengo algo para ti que lo cambiará todo para siempre», le prometió el hombre tranquilo. Y no podía ser más verdad. Aquel oso le había ayudado a dar un giro a su vida.

Salió caminando hacia atrás sin apartar sus ojos de su peluche gigante. Dejó abierta la puerta de la jaula y fue hacia el taller. Quería empezar de inmediato a confeccionar su traje nuevo para dejar atrás su aspecto de pordiosero y correr a abrazar a su mujer y a su hija. Pero apenas se sentó en la máquina de coser se pinchó con la primera dificultad.

No tenía ni una sola tela que estuviera a la altura.

Cuando dejó de creer en sí mismo y en su negocio entró en caída libre, no supo reaccionar como debía. En lugar de tratar de hacer las cosas mejor que nadie o, mejor dicho, como sólo él podía hacerlas, empezó a comprar telas de saldo, a recortar en el forro, a no poner contrafuertes en los bajos de los pantalones, a no grabar las iniciales en las camisas... Pretendió arañar cualquier beneficio inmediato sin vislumbrar que esa maniobra a corto plazo le remataría. Y no sólo porque los clientes decidieron mudarse a la competencia, sino porque debido a esa actitud ramplona dejó de disfrutar con lo que hacía y entró en la espiral de autodestrucción que acabó arrojándole a un colchón en el suelo del taller.

Escuchó una respiración a su espalda.

Se dio la vuelta y vio al oso en la puerta.

—Mira quién está aquí... Seguro que has notado que volvía a ponerme triste porque no tengo un retal decente y has venido a consolarme. —Le acarició la cabeza—. Te agradezco el gesto, pero esta vez no puedes ayudarme, amigo. Salvo que encuentres el modo de convencer a mis proveedores de que me fíen unos cuantos rollos de su mejor género.

El oso acercó su hocico a la mesa y arrastró un botón hasta el borde. En lugar de dejarlo caer lo hizo botar y fue a engarzarse en un alfiler clavado en una almohadilla.

Gabriel aplaudió.

—¿Dónde has aprendido eso? ¡No conozco a nadie capaz de hacerlo!

A nadie...

De súbito le vino a la mente una de las máximas que había incorporado a su vida: «No ambiciones ser el mejor, lo importante es descubrir aquello que te hace único». Y comprendió que había estado a punto de cometer un gravísimo error. No se trataba de encontrar la mejor tela de entre las que suministraban sus proveedores habituales. Tenía que conseguir una que nadie tuviera, que no pudiera adquirirse en ningún otro comercio de Sombría. Pero ¿cómo?

Escuchó un rugido.

Miró al oso, que movió la cabeza como diciendo «Yo no he sido».

Salió al patio.

El tigre, que había permanecido tumbado en el suelo de su jaula desde que lo habían dejado allí los transportistas, se alzaba sobre sus cuatro potentes patas.

14

Un toque de gracia

Mantuvieron un pulso de miradas. Estaba claro que las emociones que habían sanado al oso no habían surtido efecto con él. Seguía teniendo las uñas infectadas y las almohadillas inflamadas, lo que a buen seguro le provocaba unos pinchazos indescriptibles al haberse erguido sobre ellas.

El dragón reclamó su parte de atención sacando las alas entre los barrotes de la jaula contigua. También sus cataratas empeoraban por momentos, sumiéndole en una completa ceguera que le estaba volviendo loco.

Recordó las palabras del asistente del hombre tranquilo: «En realidad son tres regalos en uno». Y se sintió un tanto culpable por haber obviado hasta entonces dos tercios de ese paquete. El propio astrónomo también había remarcado que, para que todo se alinease, debía reunir el abrazo del oso, la garra del tigre y la mirada del dragón. Los tres.

De momento había conseguido el abrazo del oso, el cual, aun

siendo extraordinario, era insuficiente. No podía ofrecer sólo amor a su mujer y a su hija. Necesitaban comer cada día, y para ello tenía que conseguir unas telas únicas que le permitieran reflotar su sastrería desde cero. Estaba seguro de que la solución aguardaba en el resto del acertijo.

—¿Qué quisiste decir con eso de la garra del tigre y la mirada del dragón? —preguntó, mirando al cielo.

El tigre volvió a rugir, esta vez de forma atronadora, y lamió una de sus patas enfermas.

Gabriel se aferró a los barrotes de su jaula, algo que no había hecho hasta entonces.

—Seguro que te duele mucho... —dijo.

Y, como ya no tenía miedo a expresar sus sentimientos, introdujo la mano para acariciarle.

El felino respondió con una dentellada al aire que le hizo retirar el brazo. Estaba claro que la vía de acercamiento iba a ser muy diferente de la que había utilizado con el oso. Siguió contemplándole de cerca, sin inmutarse. Quería creer que si actuaba con esa violencia era porque estaba enfermo.

—¿Qué puedo hacer por ti? —le preguntó con cariño.

El tigre señaló con el morro el candado de la jaula. Quería que lo liberara, una petición lógica después de ver cómo había actuado con el oso. Gabriel lo pensó durante unos segundos y, rogando para que una vez libre no se enzarzase en una pelea con su compañero, abrió la puerta.

El animal saltó nervioso al suelo, atizando más dentelladas al aire para expulsar la rabia de haber estado encerrado. Gabriel seguía convencido de que no iba a atacarle... y más valía que así fuera porque, suelto, aún mostraba un aspecto más imponente. Tras husmear cada rincón del patio, se introdujo en la sastrería y corrió hacia la puerta de entrada resbalando sobre el barniz de la tarima.

—¡Cuidado! —le gritó, temiendo por la integridad de aquel local con el que acababa de reencontrarse—. ¡Vas a tirar los maniquíes!

Pero el felino estaba como loco. Una vez llegó a la puerta de la calle, regresó con el mismo ímpetu al patio, donde comenzó a dar vueltas alrededor de Gabriel antes de salir disparado de nuevo, dándole a entender que lo siguiera.

—¿Adónde quieres ir, amigo?

Mientras lo decía, pensó en la fotografía que había visto en casa del hombre tranquilo. Se suponía que estaba tomada en el lugar del que había traído al animal. Una suerte de jungla con baobabs y nativos con vestimentas de fibra gris decorada con rayas y lunares negros.

Rayas...

Lunares...

Un ejército de hormigas le recorrió el estómago.

Durante años había soñado con crear su propia línea de trajes. Pensó en corbatas de lunares y pañuelos de rayas, en camisas de lunares y sombreros de rayas. ¡Un toque de gracia! Recordó arriesgados diseños que había concebido en su época de estudiante, antes de hacerse cargo del negocio familiar y venirse abajo. Esos diseños que nunca se había atrevido a sacar adelante porque no creía en sí mismo... y que casarían a la perfección con los estampados tribales.

¡Tenía que viajar al lugar de la fotografía para buscar esas telas! No cabía duda de que era un género único. Ni mejor ni peor que los que distribuían sus proveedores, simplemente uno que sólo él y nadie más que él tendría. Ya que toda prenda de Sombría había de ser de color gris, aquellos dibujos negros al menos diferenciarían su sastrería de los demás escaparates, inundados de planas franelas. Los clientes volverían a llamar a la puerta...

¡*Appassionata!*, resonó el eco de la sonata.

15

Actúa ahora, vive ahora

Era el plan ideal... Si no fuera porque para encontrar esas telas tenía que viajar más allá de Sombría.

Una ráfaga de viento helado se coló en el patio.

Más allá...

La tierra inexistente. La que no salía en los noticiarios ni se estudiaba en la escuela.

Miró al oso, que lo observaba con su gesto dulce.

—Tal vez sea mejor esperar el momento propicio —declaró—. Siendo un paso tan importante, más vale dar tiempo a que mejoren mis circunstancias, ¿no crees? Quién sabe lo que me deparará el camino cuando deje atrás las farolas de Sombría... Esperaré a que las cosas se ordenen un poco, a que se alineen los astros. Seguro que llegará un día en el que el eclipse llegará a su fin...

Aún no había acabado de decirlo cuando el tigre, que seguía dando vueltas de aquí para allá a pesar del agudo dolor que le recorría las patas con cada pisada, le mordió el bajo del pantalón y tiró de él hacia la calle.

—¡Tranquilo, amigo! —exclamó Gabriel, sujetándose al marco de la puerta—. ¡Te prometo que algún día iremos, no tiene por qué ser ahora!

En ese instante le vino a la cabeza algo que el hombre tranquilo había dicho el día que se conocieron: «La vida es ahora. El tacto de las telas, cada latido de nuestro corazón».

Y era cierto. La vida no le estaba esperando más adelante, le estaba sucediendo. Él, y nadie más que él, era responsable de lo que hiciera con ella. Con cada minuto de ella. La vida no era un derecho, como algunos creían, era una obligación. Estaba obligado a caminar. Si sus circunstancias le permitían dar mil pasos cada día, tenía que dar mil pasos cada día. Si sólo le permitían dar un paso cada mil días, bastaba con que diera un paso cada mil días. Pero, fuera cual fuese su caso, estaba obligado a dar aquel primer paso ahora.

¡Ahora!

El único momento que existía, el único cierto.

No podía esperar a que los astros se alineasen por sí mismos. Tenía que alinearlos él. Una vez conseguido el abrazo del oso, le tocaba el turno a la garra del tigre y a la mirada del dragón. Aún no sabía lo que el hombre tranquilo había querido decir con eso, pero sí estaba seguro de que la única forma de descubrirlo era empezar a caminar. El primer paso llamaría al segundo, y éste a otro más. Como las piezas de un gran puzle, en el que la primera llama a cuatro más, y esas cuatro a otras dieciséis.

El tigre notó de inmediato que Gabriel estaba sufriendo algún tipo de reacción, así que dejó de tirar del pantalón y le clavó la mirada. Su pelaje naranja y negro como los ocasos anteriores al eclipse también era una maravillosa tela única. ¿Quién mejor que él para hacer de guía?

—¿Recordarás el camino? —preguntó el sastre de forma retórica.

Y por respuesta obtuvo el mayor de los rugidos.

Guiñó un ojo a su peluche gigante.

—Tú también me acompañarás, ¿verdad? —Estiró las manos hacia él y añadió—: No hace falta que contestes. Sé de sobra que tú y yo ya no nos separaremos nunca. Y al pobre dragón no podemos dejarlo solo, acabaría volviéndose loco a base de chichones. ¡Me acompañaréis los tres! —celebró, empezando a tomar conciencia de lo que estaba a punto de hacer—. ¿Qué mejores compañeros podría tener? Sois la prueba de que es posible llegar más allá, como hizo el hombre tranquilo. Él buscaba un lugar desde el que contemplar las estrellas, y ha llegado el momento de que yo persiga la mía.

No había vuelta atrás. Amarse a sí mismo era también atreverse a ser uno mismo. Había abrazado sus grietas, y el siguiente paso era introducirse por ellas para ir más allá.

Abrió la jaula del dragón, el único que aún permanecía encerrado. No había contado con la reacción de un animal semejante.

Tras aletear y atizarse unos cuantos golpes contra las paredes, cegado por las cataratas, comenzó a lanzar bocanadas de fuego y humo sembrando el caos en el patio.

A base de agitar los brazos de forma enérgica, Gabriel consiguió que enfilase hacia dentro junto al oso, que se ofreció a hacerle de lazarillo. Una vez recuperado por completo, aquel peluche gigante sólo pensaba en desplegar amor. Y una forma inmejorable de hacerlo era guiar a su compañero invidente, aunque ello supusiera ir lanzando gruñidos durante todo el camino para que el otro tuviera siempre una referencia hacia la cual dirigir sus fallidos intentos de vuelo.

El tigre se había plantado en la puerta de entrada, jadeando con nerviosismo. Parecía no ver el momento de salir disparado hacia la tierra lejana que lo vio nacer. En cuanto Gabriel abrió una rendija, se coló por ella y saltó a la calle, seguido de los otros dos.

Olisquearon la niebla, el agua de los charcos.

Tras asegurarse de que había dado dos vueltas al cerrojo, Gabriel se agachó y dejó algo en la acera, junto a la puerta.

Era el tiesto con la margarita, para cuando su hija volviera a llamar al timbre.

EL TIGRE

1

Más allá de los mapas

Echaron a andar por el tenebroso páramo de Sombría hacia algún lugar más allá de los mapas. Gabriel notaba una reacción en cadena en su interior, neutrones libres fisionando desde el estómago hasta los ojos, que brillaban de una forma especial por el ansia de comerse cada metro del camino. Se disputaba la primera posición con el tigre, que se había puesto como único objetivo regresar a aquel paraje de novela que se adivinaba en la fotografía. Para Gabriel no podía haber mejor noticia. Sólo tenía que seguirle para llegar hasta sus ansiadas telas únicas.

Detrás de ellos, el oso no dejaba de lanzar escuetos gruñidos para que el dragón no se separase del grupo. Incapaz de volar por la ceguera, avanzaba a tientas con andares de pato. De vez en cuando aleteaba y se separaba unos metros del suelo, pero al momento caía en algún cenagal del que salía salpicando barro.

Gabriel se dio la vuelta para comprobar que no se quedaban rezagados y vio a lo lejos las luces de Sombría. La voz grave aprovechó el momento para aflorar como moho en la ropa húmeda: «¿Dónde crees que vas?» Pero su fe en sí mismo ya era inquebrantable. Sólo tenía que canturrear las primeras notas de la *Appassionata* para que las malditas dudas que unos días antes le habrían golpeado el cerebro como un bate de béisbol se desvanecieran como humo. Una vez que el oso le había sanado por dentro, empezaba a ver las cosas con claridad por fuera.

Por fin comprendía que Sombría no era un lugar bueno, sino sólo un lugar conocido. Sus habitantes la defendían a capa y espada, pero no porque allí fueran felices, sino por el miedo atroz que les provocaba la mera idea de cambiar algo en sus vidas. Vivían mal, y lo sabían. Pero preferían dejar que esa triste situación les consumiera antes que enfrentarse a lo inexplorado. Ir siempre calados hasta los huesos no era agradable, pero al menos era conocido, así que lo justificaban aunque les oxidase las entrañas. Ir siempre pisando charcos no era agradable, pero al menos era conocido, así que lo justificaban aunque el agua en sus calcetines les pudriera la piel.

Al verle parado, el oso se acercó para rozarle con su corpachón peludo.

—No te preocupes, amigo, me encuentro mejor que nunca. Tú dedícate a ayudar al dragón.

El tigre rugió y agitó la cabeza dejando escapar unas babas, empujándoles a reanudar la marcha. Era normal que estuviera excitado, sabiendo lo que les esperaba apenas unos pasos más adelante.

El páramo dio paso a una enorme extensión dorada.

Habían llegado a los límites de Sombría.

2

El sol sobre mi cabeza

Gabriel estaba fascinado, nunca había visto nada igual. La tierra inexistente brillaba tanto que no podía contemplarla sin entornar los ojos. Se arrodilló junto a la línea de separación entre ambos mundos. Estiró la mano para tocar el otro... y la retiró a toda velocidad. Era arena, y estaba muy caliente. Ni siquiera la estufa de petróleo de su sastrería llegaba a alcanzar tal temperatura.

Volvió a acercar la mano. Una vez superada la impresión inicial incluso resultaba gozoso pasar los diminutos granos entre los dedos. Se levantó y respiró hondo sin apartar la vista de aquel desierto que se perdía en el horizonte.

—Vamos allá —resolvió.

Estiró la pierna derecha y posó el pie al otro lado, quedándose a caballo sobre la línea divisoria. Aquella superficie cambiante se acomodó alrededor del zapato. Viendo que no le engullía, hizo lo mismo con la pierna izquierda.

Ya no había vuelta atrás.

Pero tampoco había miedo.

Estaba viviendo un milagro.

Esperó con el ceño fruncido a que le cayera encima un relámpago como castigo a semejante afrenta. Pero lo único que sintió fue un ardor creciente en la coronilla.

Levantó la vista y dibujó una sonrisa que no le cabía en la cara. A pesar de haberse apartado apenas unos palmos de Sombría, desde allí podía contemplar el sol en todo su esplendor. Un cañón de teatro en el cielo. Los rayos convertían la arena en polvo de oro. También le quemaban la nariz, pero sólo tenía ganas de reír y llorar de alegría.

—¿Cómo es posible que nadie cruce nunca esta línea? —exclamó volviéndose hacia sus animales, que le observaban atentos—. ¡La tierra inexistente no entraña ningún peligro! Sólo es desconocida. Me recuerda a ese tren de las ferias que te mete en un túnel, ¿sabéis a cuál me refiero? Ese que primero da tanto miedo porque no sabes lo que hay dentro, y luego descubres que lo más terrible que puede ocurrirte es que una bruja simpática te dé golpecitos en la cabeza con su escoba de paja.

El tigre rugió achinando los ojos y arrugando el hocico. Gabriel quiso pensar que era su forma de decirle que estaba orgulloso de él. Su felino era un guerrero que no conocía ni el miedo ni el cansancio. O, mejor dicho, que luchaba para imponerse a ellos y seguir caminando con resolución y firmeza hacia su destino, como en aquel momento. A pesar del mal que le atenazaba, fue el primero en tomar la iniciativa y adentrarse regio en el desierto.

El dragón, respirando la emoción que se había instalado a su alrededor, aleteó y se elevó unos cuantos metros, pero pronto cayó de forma que la cabeza se le introdujo en la arena.

El oso dejó ir un gruñido y fue a ayudarle a ponerse en pie. Cuando pasó junto a Gabriel, éste le ofreció la palma de su mano para que la chocase. ¡Chas! Mano de sastre contra zarpa de oso. Se sentía muy afortunado. Si todos los habitantes de Sombría tuvieran un peluche gigante para aprender a amarse y un tigre que les empujase a perseguir sus metas, en aquella frontera se formaría una caravana de kilómetros.

Ese golpe de fortuna también encendía el letrero luminoso de «Ya no hay excusas». Así que echó a andar sobre la arena detrás del imponente felino. Paso a paso. Puntada a puntada, como le había recomendado el hombre tranquilo. El único secreto para tejer un buen porvenir.

3

Las gafas opacas de la queja

Caminaron días y noches sobre la arena. Le pesaba la sensación de encontrarse siempre en el mismo punto, como si anduviera por una cinta que discurría en dirección contraria. No había nada con lo que orientarse. Las dunas cambiaban a cada minuto como la vida, dibujando suaves olas, adquiriendo nuevas formas.

Le cautivaba el coraje y la resolución del felino. Lo veía capaz de todo a pesar de estar enfermo y llevar años sin regresar a su tierra, mientras que a él le estaban matando unas miserables rozaduras de los pies.

Empezó a quejarse. Al día siguiente un poco más. Y llegó un momento en el que no podía dejar de hacerlo.

—Nunca me hablaste de lo duro que iba a ser esto —le decía al tigre, que avanzaba sin inmutarse como un cohete hacia su estrella—. Sé que estamos obrando bien, pero he perdido la cuenta del tiempo que ha pasado desde que abandonamos Sombría y lo único que veo son dunas y más dunas.

El oso se pegó a su pierna como el primer día, ofreciéndole su compañía y su apoyo. Gabriel no quería mostrarse débil delante del felino, así que le rehusó y siguió caminando solo…, y quejándose por todo. Por las rozaduras. Por el calor. Por la sed y la escasez de comida.

Sobrevivía a base de unas botellas de zumo y un puñado de chocolatinas que, antes de salir, había metido en la bolsa que llevaba cruzada al pecho. Habían hibernado en la neverita de la sastrería desde la última vez que su hija había merendado allí, por lo que prefería no mirar la fecha de caducidad. Cada vez que daba un mordisco les ofrecía el resto a sus animales, pero éstos preferían buscar bayas o raíces con las que ir tirando. El oso seguía igual de orondo, con el pelo más suave y brillante que nunca. Pero los otros dos le preocupaban mucho. El tigre hacía de tripas corazón, pero cada vez que daba un paso era como si pisase cristales rotos.

Una noche introdujo la mano en la bolsa y descubrió que las chocolatinas se habían terminado. Se preguntó cuántos días aguantaría un ser humano sin comer, pero el verdadero escalofrío sobrevino al percatarse de que sólo le quedaba una botella de zumo, casi vacía.

Apuró las últimas gotas sobre su boca.

Una más…

Se acabó.

En la posición en la que estaba, con la cabeza inclinada hacia atrás mirando a las estrellas, dijo:

—Mi querido astrónomo, espero que hayas pensado también en esto o me verás ahí arriba antes de tiempo...

Arrojó la botella vacía hacia el cielo pensando en volver a cogerla al vuelo, pero fue a caer donde estaba recostado el tigre, que se había separado del grupo. Éste saltó hacia un lado, pero no pudo evitar que le golpease en una pata.

Gabriel corrió apuradísimo hacia él para abrazarle, más para consolarse a sí mismo.

—Perdóname, amigo, ha sido una estupidez...

El tigre se revolvió para quitárselo de encima, exhibiendo sus colmillos de sable. El sastre se apartó pidiendo calma. Seguía convencido de que su animal jamás le haría daño, pero necesitaba encontrar la forma de conectar con él. No era como el oso, que desde el primer momento le había pedido un abrazo.

Mientras se lamía la pata, Gabriel aprovechó para echarle un vistazo de cerca. Su infección avanzaba imparable y, a pesar de ello, no le había escuchado un solo lamento. Estaba claro que aquello de quejarse no tenía nada que ver con el tamaño de las calamidades, sino con la forma de enfrentarse a ellas.

—Seguro que te habías apartado del grupo para no oírme —murmuró.

Y era cierto. Al contrario que su tigre, él llevaba días aburriendo a sus compañeros con su lastimera cantinela. Por las rozaduras. Por el calor. Por la sed y la escasez de comida. Esto último sí que era preocupante, pero mientras se quejaba no hacía nada por resolverlo. Sus gimoteos no le habían dejado ver las mil oportunidades que el mundo le ofrecía para dar la vuelta a la situación...

En cuanto se quitó las gafas opacas de la queja, divisó bajo la luz de las estrellas algo que hasta entonces le había pasado inadvertido.

4

¡Estrella fugaz!

—¡¿De dónde ha salido ese cactus?! —exclamó.

No era un espejismo. Estaba delante de sus narices, una mano enorme silueteada en la oscuridad, que brotaba de la arena y estiraba huesudos dedos hacia la bóveda celeste.

¡Era la primera prueba de que había vida más allá de Sombría! Llevado por su reciente impulso a expresar sus emociones lo habría abrazado, pero pinchaba más que todas las agujas juntas de su taller.

Cuando se redujo su nivel de excitación, fue a echarse al raso para recuperar fuerzas y continuar la caminata, pero una estrella fugaz llamó su atención. ¿O fue una idea? Al principio le pareció una estupidez, pero le preguntó al tigre:

—¿Qué harías tú?

Intentarlo.

Sacó las tijeras de sastre que llevaba en la bolsa e hizo una pequeña incisión en el tronco reseco. De forma mágica, a pesar de que parecía la planta de cartón de una obra de teatro, brotó un líquido blanquecino.

—¡Sí! —celebró.

Aquel cactus no se había limitado a sobrevivir en un entorno hostil. Había desarrollado un férreo anclaje al suelo y una asombrosa capacidad de almacenaje de agua que le había convertido en un ser ultrarresistente. En lugar de morir lamentándose por su espinosa mala suerte, había transformado cada dificultad en una vía de crecimiento.

Se agachó a coger la botella y clavó las tijeras en la base del tronco, esta vez de forma enérgica para que saliera un buen chorro. Después de llenarla por completo, se la acercó a la boca para beber hasta saciarse y preguntó a sus animales si querían hacer lo mismo. Mientras tanto, iba vertiéndose gran cantidad de líquido que de inmediato desaparecía en la arena. Litros y litros que llevarían almacenados quién sabe desde cuándo.

El oso pegó la zarpa al tronco lleno de pinchos para tapar la brecha.

—A mí también me da pena —reconoció Gabriel—, pero no cabe más en la botella. Si hubiera ido guardando las anteriores vacías… Pero ya es tarde para pensar en eso. Aunque… —¡estrella fugaz!— Tal vez aún podamos sacar otro provecho de esta planta.

Recogió el gel que se escurría por el tronco y lo aplicó en sus rozaduras, que se calmaron al instante.

El tigre rugió de gozo.

—¡Tienes razón! ¿Cómo me has dejado ser tan fastidioso? Seguro que Beethoven no se quejó nunca de su sordera. ¡Los lamentos matan la creatividad!

Estaba tomando conciencia de que ser creativo no significaba sólo componer sonatas para piano. La creatividad era un don que venía de serie, y su libro de instrucciones sólo contenía una norma: «Exprime tus sesos día a día para encontrar la forma de llegar a ser tú mismo en un mundo que se empeña en lo contrario».

—¡Rayas y lunares! —gritó a las estrellas.

5

Las rozaduras son amor

Reanudaron la marcha al amanecer. Las rozaduras de los pies seguían ahí, pero se había evaporado la nube de quejas que había venido acarreando como una legión de polillas. Las dificultades eran una parte más del camino, y debía seguir adelante sin parar a lamentarse ni desviarse para buscar rutas fáciles que no existían.

—Si lo piensas bien —comentó al tigre sin dejar de andar—, el sacrificio no es dolor, sino amor.

¡Desde luego que sí! Se estaba sacrificando porque creía en su meta. Gracias al oso, había entendido que para volver a abrazar a su mujer y a su hija necesitaba abrazarse a sí mismo, creerse capaz de confeccionar aquellos trajes con los que siempre había soñado. Y gracias al empuje del tigre, se había lanzado de forma imparable a aquella carrera para conseguir las telas únicas que, además de cumplir su anhelo personal, iban a reflotar su sastrería. Eran dos cosas diferentes, pero estaban íntimamente ligadas. Una cosa era sanarse por dentro y otra conseguir el éxito en el mundo de las cosas. Ambas necesarias, ambas complementarias. Su oso le enseñó quién era y su tigre le mostró qué tenía que hacer. Tenía un *quién* y un *qué*. Primero fue sentir. Ahora se trataba de actuar, sin importarle lo que el camino le pidiera a cambio.

Las rozaduras eran amor.

El calor era amor.

La sed era amor.

6

Tres marcas de pisadas

Actuar...

Era fácil decirlo, pero el cansancio empezaba a hacer mella en su determinación. A ratos caminaba semiinconsciente, como un autómata. Estaba dispuesto a venderse al diablo para conseguir aquellas telas, pero por primera vez temía no tener suficiente energía para toda la travesía.

Se detuvo en lo alto de una duna para esperar al oso y al dragón, que siempre iban retrasados. Respiró hondo y miró hacia el horizonte, incapaz de calcular la distancia recorrida. Sobre la arena se distinguían las cuatro hileras de pisadas de aquel grupo tan variopinto. Aparte de sus propias huellas, las del oso, que caminaba con calma por la vida, eran profundas como hoyos de meteorito. El dragón dejaba marcas desperdigadas aquí y allá, a medida que iba aterrizando en cada intento fallido de vuelo. El poderoso tigre superaba el dolor y trazaba una recta de tiralíneas.

Le extrañó comprobar que sobre las dunas que habían atravesado por la noche, sólo había tres marcas de pisadas.

—¿Cuál de vosotros me abandonó para irse a dar una vuelta?

Parecía indignado, pero en realidad era preocupación por ellos, no quería que se perdieran en la oscuridad. Cuando se fijó mejor y recordó lo ocurrido, sintió un brote de congoja. Las pisadas que faltaban eran las suyas. De madrugada, con la barriga llena del agua del cactus, se había sentido exhausto, se había mareado y el tigre lo había llevado sobre su lomo.

Se paró en seco y observó a aquel felino que caminaba al frente con la mirada apuntando a su meta, impermeable al desaliento a pesar de estar débil y tener las patas en un estado pésimo. Le emocionó saber que la noche anterior había sido capaz de ralentizar su avance y sacar la mejor versión de sí mismo… para ayudarle a él.

Estaba claro que el oso se estaba preocupando de que la expedición entera avanzase envuelta en una nube de emociones positivas que destellaban como luciérnagas. Sus valores estaban calando en unos y otros.

El felino se giró y lanzó uno de aquellos rugidos provocadores con los que solía apremiarles. Gabriel sonrió. Sabía que su animal le estaba leyendo el pensamiento y sólo quería hacerse el duro.

Era reconfortante tener la certeza de que había una mano —una zarpa— que tiraba de él. En Sombría había tratado de resolver todos sus problemas por cuenta propia. Al principio porque se consideraba tan invulnerable que no necesitaba ayuda, y después porque se creía tan despreciable que no la merecía. Pero sus animales le habían enseñado que nadie podía caminar solo. Que pedir ayuda no era un síntoma de debilidad, sino de fuerza, porque era duro reconocer que la necesitaba. Y también que era una obligación, porque las terribles consecuencias de actuar siempre por cuenta propia terminaban afectando a aquellos que tenía alrededor.

—Si hubiera pedido ayuda a mi mujer y a mi hija, en lugar de preocuparme sólo de que no notasen mi angustia...

Abrazó a su oso, contento de tenerlo a su lado.

También habría querido abrazar al tigre y darle mil veces las gracias por transmitirle su poder y enseñarle que tenía que perseguir su objetivo avanzando siempre hacia delante, inmutable ante las adversidades, pero esta vez se cuidó de no hacerlo.

—Ya voy viendo qué alimento necesitas tú, amigo. Eres un animal de acción y te nutre que yo también me convierta en un guerrero. Pues eso es lo que voy a darte a partir de ahora —le prometió en voz baja sin dejar de caminar.

7

La tormenta de arena

Al poco, alguien giró el regulador de intensidad del sol, que fue apagándose hasta convertirse en una bombilla de veinte vatios. Lo más extraño es que no había nubes. Más bien una calima repentina. Gabriel rememoró sus clases de primaria, cuando la maestra golpeaba la mesa con el borrador y el aula se llenaba de polvo de tiza.

Escudriñó en la lejanía. Nunca había visto nada igual. En realidad, ni siquiera había imaginado nada igual. Una ola marrón de dimensiones bíblicas. Un murmullo sordo, creciente, creciente...

—¡Una tormenta de arena! —gritó, notando una sensación terrosa en la boca.

El tigre salió disparado hacia unos cerros que emergían en hilera como las jorobas fósiles de una caravana. Los demás fueron detrás. El oso avanzaba agitando su cuerpo de trolebús y lanzando gruñidos para guiar al dragón, que aleteaba a ciegas a media altura.

Gabriel metía y sacaba los pies de la arena entre jadeos, apartándose de los ojos el sudor rasposo por el polvo del tsunami que se les echaba encima.

Al notar que la arena iba dejando paso al suelo de roca, sacó fuerzas de flaqueza y aceleró la carrera hacia el primer montículo. En sus faldas divisó unas protuberancias cónicas. Eran unas construcciones de adobe, como grandes hornos de pan...

—¡Son casas! —exclamó sin dejar de correr—. ¡Es una aldea! ¡Estamos salvados!

Al hacerle un gesto al oso para que acelerase, se le cayó la botella con el agua del cactus que llevaba en la mano, con tan mala suerte que la pisó y se desplomó rodando sobre los cascotes.

—¡Me he roto el tobillo! —aulló—. ¡No puedo moverme!

Apenas se le oía. La tormenta estaba tan cerca que el pelo se le echaba hacia atrás y las palabras volvían a metérsele en la garganta.

El tigre retrocedió para buscarle, pasó un colmillo por el cuello de su chaqueta y lo arrastró hasta una de las viviendas. Se irguió sobre la puerta y la arañó con sus uñas ensangrentadas hasta que se asomó un hombre con turbante. Tras sobreponerse a la conmoción de ver a un enorme depredador frente a su casa, llamó a un muchacho de unos quince años para que le ayudase. Sujetaron a Gabriel a horcajadas, tiraron de él hacia dentro y atrancaron la entrada con un madero.

—¡Mis animales! —exclamó el sastre, consumiendo la poca energía que le quedaba—. No podéis dejarlos fuera...

Y perdió el conocimiento justo cuando un soplido atronador hacía vibrar la casa, queriendo llevársela por los aires.

8

Guerrero o mercenario

Despertó sobre la alfombra que cubría el habitáculo. No había ventanas, tan sólo un pequeño agujero en el techo abovedado. No hacía calor. Los muros de barro acondicionaban el interior a la temperatura corporal. En un rincón vio una pila de telas blancas. Se estiró para tocarlas. Al fin y al cabo, era sastre aun estando medio desmayado. Eran finísimas. Sin duda las utilizaban para confeccionar los ligeros turbantes que les protegían de la arena y el viento. En el estado de confusión que reinaba entre la vigilia y el sueño se le ocurrió pensar que, al igual que los cactus, la gente del desierto había sabido adaptarse a las dificultades. Dado que éstas eran inevitables —no había vida sin muerte, ni noches estrelladas sin tormentas de arena—, no pedían a sus dioses que les librasen de ellas. Les pedían fuerzas y recursos para superarlas.

Tenía el tobillo muy hinchado y le dolía a rabiar, pero no había llegado a fracturarse. Cogió el madero y lo usó a modo de bastón para salir. Había tres de aquellas construcciones cónicas.

En la más pequeña humeaba un hogar. Más que una aldea, era el asentamiento de una única familia, cuyos miembros se habían congregado alrededor de un pozo. Se acercó, avanzando a duras penas.

Allí estaba el hombre, con su rostro de árbol centenario. El halo de autoridad que desprendía dejaba claro que era el paterfamilias. Junto a él permanecían de pie su esposa, el muchacho y otras dos hijas gemelas de unos diez años.

El beduino miró al sastre con una sobrecogedora decepción.

—¿Cómo has podido hacernos esto?

Gabriel no entendía nada.

—¿Dónde están mis animales?

—Muertos...

—¿Qué está diciendo?

—... deberían estar —terminó la frase—. ¡Sobre todo ese tigre del demonio!

Señaló hacia el cerro en cuya falda reposaban los tres, tan cubiertos de polvo que parecían la roca misma. ¡Habían sobrevivido!

—¿Qué ha ocurrido?

—¡Tu tigre retiró la tapa del pozo durante la tormenta y se ha llenado de arena!

No exageraba, estaba anegado.

—No quiero ofenderle, usted me ha salvado y siempre le estaré agradecido. Pero creo que su acusación no tiene fundamento.

El beduino señaló la tapa de madera, tirada en el suelo.

—¿También me estoy inventando esas marcas de uñas?

Gabriel sufrió un mazazo al comprobar que se correspondían con las garras de su felino.

—No puede ser...

—¡Este pozo era nuestro único medio de subsistencia! ¿Qué vamos a hacer ahora? ¡No daba mucha agua, pero era suficiente para beber y regar nuestros dátiles!

Señaló una vieja palmera. Los frutos colgaban como tristes guirnaldas de una fiesta acabada.

—¿No pueden volver a cavarlo?

—¿Te crees que no estaría haciéndolo si pudiera? Era tan profundo que arrojabas el cubo y no oías el chapoteo cuando llegaba al fondo.

—¿Y cómo lo construyeron, entonces?

—Fueron mis ancestros, en tiempos de una próspera civilización. Éramos los últimos de ese linaje. —Se llevó las manos a la cabeza—. Y ahora tendremos que emigrar para no morir de sed. ¡Abandonar estas tierras por las que han luchado incontables generaciones, qué deshonor! Aunque no sé de qué me preocupo, lo más probable es que fallezcamos por el camino.

Gabriel se volvió hacia el tigre, que permanecía estático como una figura neolítica. Por mucho que se esforzaba en entenderlo, no alcanzaba a imaginar por qué habría actuado así. Era demasiado inteligente para haberlo hecho de forma fortuita.

—¿Y si intentó meterse dentro para cobijarse de la tormenta? —improvisó.

Le pareció una explicación razonable, pero al mismo tiempo le sobrecogió la posibilidad de que fuera cierta. Al ver que el pozo era tan profundo, habría ido a resguardarse con los otros dos animales a las faldas del cerro, dejando entreabierta la tapa aún a sabiendas de que, al estar mal colocada, terminaría llevándosela el viento.

Hasta ese momento había considerado a su tigre un guerrero, mítico como los leales samuráis o los aztecas que defendían las pirámides truncadas. Pero de pronto lo veía como un mercenario sin escrúpulos, para el que todo valía.

—Quería parecerme tanto a ti… —murmuró con decepción, sin saber que se parecían mucho más de lo que pensaba.

9

Una condena merecida

—Prepararé el odre y el pañuelo para que te cubras —dijo la mujer al beduino—. Será mejor que salgas cuanto antes.

—¿Adónde va? —preguntó Gabriel.

—No muy lejos de aquí tenemos una reserva de agua para sobrevivir un tiempo —le explicó aquél de forma cansina—. Sólo ruego que nos dure hasta que encontremos un lugar en el que echar nuevas raíces.

—¿Está hablando de un oasis?

El beduino negó con la cabeza.

—Hay uno, pero pertenece a una familia con la que nunca hemos tenido buena relación. No derrocharán ni una gota haciendo caridad con nosotros, y tampoco tengo nada que ofrecerles a cambio.

—¿Entonces?

—Es un enorme cactus. Almacena agua suficiente para que mi familia pueda beber durante un mes.

A Gabriel le sobrevino tal mareo que tuvo que sentarse en el suelo. Le costaba hablar.

—Será mejor que no gaste fuerzas yendo hasta allí.

—¿Por qué dices eso?

Lanzó una mirada al tigre.

—Yo también soy un demonio.

—Pero...

—No queda ni una gota —resolvió con dramatismo—. Y con este sol... lo más probable es que se haya secado para siempre.

El beduino derramó la mirada por el suelo. En otras circunstancias le habría visto el lado épico al hecho de que, tras haber resistido durante décadas con la firmeza del cactus que le sirvió de inspiración, fuera a dejar este mundo al mismo tiempo que la planta. Pero no se trataba de él, sino de toda su familia. La tristeza que le provocaba no ser capaz de salvar a su prole dibujó nuevas arrugas en su frente. De súbito sus brazos parecían más huesudos, el aliento vital se le escapaba para perderse en la arena, como el chorro despilfarrado la noche anterior. Su esposa apretaba a las gemelas contra su pecho. Les tapaba la cara con sus manos tatuadas de henna para evitar que mirasen al extranjero y vertiesen alguna lágrima que las deshidratase de forma prematura. Era el hijo mayor quien mostraba ira. Se había colocado en cuclillas y se aferraba a sus piernas y a todos los preceptos de su credo para no lanzarse a estrangularlo.

—Les aseguro que no quería...

—Te ruego que no digas nada más —le cortó el beduino, reuniendo un puñado de dignidad que le arrojó a la cara.

Y caminó con su familia hacia uno de los conos de barro.

Gabriel se echó de bruces sobre la arena.

Al igual que esa pobre gente, iba a morir de sed.

«Una condena merecida», pensó. Su forma de actuar había sido imperdonable.

Se había dedicado a pensar sólo en sí mismo, al igual que hizo el felino cuando, emborrachado por el ansia que le impulsaba hacia su meta, dejó abierta la tapa del pozo. El haber cruzado el desierto haciendo gala del poderío que le transmitía el tigre era meritorio, pero había cometido el error de dejar de lado los valores del oso. Su peluche gigante le enseñó que, para perseguir las cosas que amaba y construir una vida plena y feliz, el primer paso era abrazar la compasión y la generosidad, aceptarse y valorarse como el ser único que era. Y ahora comprendía que esa compasión y esa generosidad, además de ser necesarias al inicio del camino, debían seguir iluminando cada metro hasta el destino. La valentía del tigre, sin los valores del oso, se convertía en temeridad. La resolución del tigre, sin los valores del oso, le conducía a una manera frívola de actuar y a morir de agotamiento… para nada.

—¿Cómo he podido comportarme así? —se lamentó con el rostro contra la arena—. Quería ser un guerrero libre de las cadenas del miedo y del cansancio, y al igual que mi tigre me he convertido en un mercenario esclavo de mi propia meta.

Viejos fantasmas de fracaso danzaron sobre las dunas, levantando estelas de arena. Viejos ecos de caverna le evocaron los charcos de Sombría...

Y la luz se apagó de pronto.

10

Lo que cargas te hunde en la arena

¿Un eclipse, también allí? ¡No podría soportarlo!

Por fortuna, el sol seguía en su sitio.

Era el oso, que se había lanzado a abrazarle y lo había cubierto con su corpachón peludo.

¡No te vengas abajo! —le decía el animal con cada apretón—. ¡Te curaste por dentro antes de abandonar la sastrería! ¡Sabes perfectamente quién eres, alguien único y maravilloso, como cada ser de este vasto mundo!

No dejando que el oso le pisase el protagonismo, el tigre saltó del cerro y fue hacia ellos. Terminó de sacudirse el polvo que lo cubría, dejando a la vista su pelaje colorido como la bandera de un país joven, y rugió para animar a Gabriel a que reanudasen la marcha. Lo importante era seguir siempre adelante. Si era preciso, dado que no podía caminar, lo llevaría a lomos como había hecho la noche anterior.

Gabriel hizo un gesto con las manos, pidiéndoles que se tranquilizasen.

—No se trata de venirme o no abajo —le dijo al oso—. Gracias a ti, eso no volverá a ocurrirme. Soy consciente de que quien actúa se equivoca, ya que nadie es perfecto, así que no volveré a rebozarme en mi propio victimismo como cuando yacía sobre el colchón en la sastrería. Sé que tengo que gestionar bien mis emociones para que no saboteen mis metas, dejar ir las destructivas. Porque lo que no dejamos ir lo cargamos, y lo que cargamos nos hunde en la arena.

Entonces miró al tigre.

—Y al igual que tú, amigo, querría echar a correr ahora mismo hacia mis telas, con bastón o sin él, porque yo también ansío alcanzar cuanto antes mi meta. Pero no podemos seguir así de desbocados. Pienso en esta gente y... Lo que les hemos hecho es imperdonable.

—No hay nada imperdonable —sonó una voz tras de sí.

Era el beduino. Se sentó a su lado y acarició al oso con tranquilidad, como si fuera su propia mascota. El animal se hinchó de gozo al recibir las emociones de aquel hombre que, a pesar de estar atravesando un momento terrible, era capaz de expresar dulzura. Tal vez por haber vivido aislado desde que nació, desprendía la serenidad y la sabiduría natural de un ermitaño.

—¿Cómo puede decir eso? Le hemos destrozado la vida —reconoció Gabriel mientras se incorporaba y recolocaba la pierna para que le doliera menos.

—Puede que sí, o que haya sido una bendición —reflexionó el beduino—. La vida dirá. ¿Quién dice que yo no habría obrado igual que tú cuando rasgaste el cactus? También podría culparme de no haberme llevado a mi familia de aquí hace años en lugar de aferrarme al sueño de vivir en la tierra de mis ancestros… Yo te perdono, no podría ser de otro modo, ya que, en lugar de escabullirte, has aceptado tu error y has asumido la responsabilidad. Y quien admite sus fallos sin esconderse tras el orgullo o el miedo a mostrarse frágil es alguien que está dispuesto a aprender y a crecer. Pero lo importante es que ambos nos perdonemos a nosotros mismos y dejemos que la vida se exprese.

El oso se tendió panza arriba de gozo y empezó a ronronear como un michino para que el beduino siguiera acariciándole.

—Agradezco su forma de afrontar este problema —dijo Gabriel—. Sólo siento no haberle mostrado mi mejor versión.

—Como tú mismo has mencionado antes, eres quien eres. Equivocarte no te convierte en una mala persona.

—Qué distinto habría sido todo si hubiera tenido esto claro cuando las cosas empezaron a irme mal en Sombría… Allí la gente piensa que si te quedas sin trabajo, es porque no vales para nada. Se deprimen, se culpabilizan. Pero ahora sé que si va mal el trabajo puede ser una llamada de la vida, y lo que tengo que hacer, en lugar de convertir las contrariedades en un asunto del corazón, es resolverlas desde la razón, poniendo los medios para cambiar lo que no funciona. En cualquier caso —concluyó—, gracias otra vez por mostrarse tan amable conmigo.

—Me considero un necio, extranjero, pero no tanto como para no darme cuenta de que eres mi única esperanza. Quiero creer que eres esa llamada de la vida.

—¿Cómo?

—No sé qué hacer para salvar a mi familia, estoy bloqueado. Pero si tú has llegado hasta aquí cruzando a pie este desierto, seguro que encontrarás la forma de ayudarme.

11

Un equipo invencible

—Actuemos pues —resolvió Gabriel—, construyamos a partir de las imperfecciones.

Lo dijo con la seguridad de un premio Nobel de física. No podía ser de otro modo, dada la confianza que el beduino había depositado en él. Pensó que aquello de creer en uno mismo funcionaba como un bíceps. Cuando lo ejercitabas, los demás lo percibían aunque estuviera cubierto por un jersey.

—No sé si va a ser posible arreglar el pozo...

—No hablo de poner parches, sino de aprovechar esta lamentable situación para crecer.

Esta vez fue el tigre quien lanzó un rugido suave. Aquella conversación le estaba haciendo engordar siete kilos.

Gabriel perdió la vista en el horizonte. Dunas y más dunas. ¿Cómo podía dar la vuelta a las cosas en mitad de semejante monotonía? Los granos de arena sorbían el sol con ansia y lo reflejaban multiplicado por mil. Mil soles cegándole, sin paisaje. Monotonía… Aspiró aire abrasador y emitió un suspiro. El viento le contestó soplando la superficie y levantando confeti dorado, polvos mágicos que tamizaron la luz dando lugar a una gama interminable de ocres. Fue entonces cuando vio que era precisamente en el vacío donde cabía todo, donde estaban las posibilidades para crear, y trató de liberar su mente, de vaciarla y dejarla fluir.

—Antes ha hablado de un oasis —saltó de pronto.

—Como te he dicho —objetó el beduino—, pertenece a otra familia que no quitará una gota de los labios de sus hijos para dársela a los míos.

—Pero son vecinos en mitad de ninguna parte, sólo se tienen unos a otros.

—Lo único que nos une son antiguos rencores.

—Eche un vistazo a mis tres animales y contésteme a esto: ¿alguna vez habría imaginado un oso, un tigre y un dragón caminando juntos? ¿Por qué cree que lo hacen? Yo lo vengo pensando desde que partimos, y he llegado a la conclusión de que es porque se necesitan. Saben que cada uno de ellos no es nada sin los otros dos. Con el oso ya he tenido la gran fortuna de conectar, y quiero creer que estoy en camino de lograrlo con el tigre. Todavía no sé qué me espera tras los ojos velados de un dragón, pero… —Pensó en el hombre tranquilo, en su balsámica sonrisa y en su voz pausada—. Pero sí sé que los tres son un equipo invencible.

—Yo no tengo nada para ofrecer a mis vecinos, sólo poseemos esa palmera. —Señaló los pocos frutos que colgaban lánguidos—.

Sus dátiles han sido siempre los mejores de la región, pero apenas recogemos un cesto cada cosecha.

—Si la regaseis más, estoy seguro de que daría más.

—Desde luego que sí, pero...

—Hablad con los dueños del oasis para que os provean de agua y entregadles a cambio una parte de la producción.

El beduino lo meditó durante unos segundos.

—Es posible que aceptasen, pero hay otro problema. Están a dos días de distancia y el agua se evapora por el camino.

—¿Y si construyerais una canalización?

—No tenemos tubos para hacer algo así.

—Entonces habrá que construir una galería subterránea —resolvió Gabriel, azuzando a sus neuronas para que intercambiasen descargas en modo tigre—. Un pasadizo desde el oasis hasta aquí. Sé que no será fácil, ya que además de cavar habrá que reforzarlo para que no se hunda, pero para eso disponéis de la piedra del cerro.

—¿Cómo vamos a hacer algo así? Es una obra enorme.

Miró a su felino.

—Pidiendo ayuda.

El beduino recolocó la tela de su turbante. El sol atizaba fuerte. Apretó los labios y señaló con escepticismo:

—Aunque tu animal nos proveyera de la fuerza bruta, ¿quién va a diseñar ese proyecto? ¡No tenemos estudios de ingeniería! Lo siento, extranjero, pero eso que propones es imposible.

12

La *Appassionata* también suena en el desierto

¿Imposible?

¿Acaso también existía esa palabra fuera de Sombría?

¿Acaso la tormenta de arena había enterrado las máximas que habían ayudado a aquel hombre a sobrevivir durante décadas? No pidas a tus dioses que te liberen de las dificultades, pídeles que te den fuerzas y recursos para superarlas.

Y su cerebro de sastre empezó a dibujar un patrón atrevido. Ni siquiera lo hacía conscientemente. Eran las tijeras las que, por su cuenta, cortaban aquí y allá; las agujas las que, sin una mano que las guiase, trazaban costuras superpuestas, solapadas, planas, decorativas.

¿Y el punto festón?

¡Otra estrella fugaz, en pleno día!

Era un tipo de remate que utilizaba para los bordes de algunas prendas, consistente en dar puntadas a intervalos regulares en el filo de la tela para evitar que se deshilachase y se estirase perdiendo la forma. A simple vista quedaba una línea horizontal de la que, a intervalos, subía una puntada vertical. Como un peine con las púas separadas. Podía utilizar ese mismo diseño en su galería subterránea...

Mientras terminaba de ordenar aquella idea loca, respiró la brisa del desierto que seguía levantando polvo mágico dorado y traía nuevos acordes de la *Appassionata*.

¡Chan, chan, chachán!

—Haremos un pasadizo lo suficientemente grande como para que podáis caminar agachados por su interior —declaró por fin—. Por el suelo del conducto irá un canal para el agua, la cual no se evaporará al discurrir bajo tierra. Para subsanar el problema de la gran longitud, iremos abriendo pozos sucesivos que subirán hasta la superficie. Así podréis bajar a cada tramo cuando sea necesario, tanto para construirlo como para repararlo. Para rematar, en el exterior utilizaremos la tierra extraída para dar forma a cráteres en la boca de cada pozo que eviten la entrada de arena. ¡Funcionará! —exclamó emocionado—. Una línea horizontal continua, la galería, de la que subirán a intervalos puntadas verticales, los pozos. ¡Punto festón en el desierto!

El tigre rugió y exhibió unas garras que, como Gabriel apreció de inmediato, de pronto tenían mejor aspecto.

Se aferró al bastón y se puso en pie como pudo.

El guerrero había vuelto.

13

¡Groarrr!

El beduino viajó hasta el oasis y cerró el acuerdo con más facilidad de la esperada. Al parecer, a sus vecinos les encantaban los dátiles, y llevaban años buscando una excusa para terminar con las viejas rencillas. El dolor es inevitable, pero el sufrimiento es opcional, dijo el sabio. Y aquellas gentes decidieron dejar de sufrir por el veneno del odio.

La noche que regresó con la buena nueva, toda la familia se reunió en el cono de barro que hacía las veces de cocina. El hijo mayor comentó sin rubor:

—Yo odié al extranjero cuando dijo que había destruido el cactus.

Estaba echando un pulso con el oso, cuya peluda masa corporal ocupaba buena parte del habitáculo. Sus hermanas gemelas trepaban por la espalda del animal.

—¿Y ahora? —le preguntó Gabriel, conociendo la respuesta a la vista del influjo del peluche gigante.

Fue el beduino quien contestó:

—Ahora no te odia porque no quiere regalarte parte de su vida. Ese sentimiento maligno nos roba la paz, es un parásito que engorda al chuparnos la energía.

—Aquí los únicos que vais a engordar sois vosotros, de tanto comer los frutos de la palmera —bromeó Gabriel.

—No quiero ni pensar en todo lo que nos queda por hacer hasta que llegue ese momento.

El tigre se asomó a la estancia. Su presencia resultaba mucho más agresiva que la del oso, pero iban acostumbrándose a verlo por allí.

—Las obras faraónicas comienzan con un ladrillo —sentenció Gabriel. Y, volviéndose hacia el felino, imitó su rugido—: ¡Groarrr!

Todos rieron. Hacía tiempo que no lo hacían. Una nueva atmósfera se había instalado en aquel asentamiento perdido. Y, como bien decía el sastre, lo único que hacía falta para construir una galería en mitad del desierto era comenzar a picar el suelo sin esperar a mañana.

Puntada a puntada, como el punto festón.

Como la vida.

La vida es ahora. El tacto de la tela, cada latido de nuestro corazón. Cada golpe de pico. Mil golpes al día o un golpe cada mil días si las circunstancias no permitían más, pero ¡ahora!

El único momento que existía, el único cierto.

—Vayamos al cerro —dispuso con una energía arrolladora, mientras su propia piel se teñía de naranja y rayas negras—. Hay que empezar a trabajar.

14

¿Imposible?

Al dedicarse a un proyecto en el que creían, el tiempo pasaba a una velocidad de vértigo. No había espacio en todo el desierto para dar cabida a tanta ilusión.

Día y noche, el tigre arrastraba sacos de material y se dejaba la piel cavando con la ayuda de los miembros de la familia. Gabriel fue sirviendo de apoyo a medida que mejoraba su tobillo, pero entretanto no estuvo de brazos cruzados. Ideaba mil y una formas de sacar el máximo rendimiento al equipo. Nunca se había considerado a sí mismo un líder, pero la confianza en uno mismo y en las propias metas era una emoción que se contagiaba como un virus.

En realidad, todos los miembros de aquella improvisada cuadrilla se convirtieron en líderes de sí mismos. Tenían sed por las jornadas de trabajo bajo el sol, pero sobre todo hambre de aprender, de que cada metro de galería estuviera mejor acabado que el anterior. Hambre incluso de convertir aquel proyecto en una obra legendaria que trascendiese a su familia y perdurase en el tiempo.

Gracias a la determinación y el poderío del tigre, consiguieron culminar en semanas unos trabajos que, sin él, les hubiesen llevado años. La última tarde, Gabriel y el beduino se sentaron en lo alto del cerro aprovechando un receso para contemplar el ocaso.

—Me impresiona vuestra pasión —celebró el sastre—. Habéis convertido el trabajo en una oportunidad para expresar lo que sois: unas personas maravillosas capaces de superar cualquier desafío. Mira tus gemelas ahí abajo, transportando arena como si fuera un juego. Debería ir con ellas en lugar de estar aquí perdiendo el tiempo.

Cuando fue a levantarse, el beduino le sujetó del brazo y señaló el horizonte pintado a espátula.

—¿Te has parado a pensar cómo es posible que algo tan sumamente bello ocurra todos los días? Si el asistir a este espectáculo costase una fortuna, habría gente que se hipotecaría de por vida para pagarlo.

—Y sin embargo —completó Gabriel—, al tenerlo garantizado dejamos que el sol se vaya a dormir un día tras otro sin lanzarle un mísero beso de buenas noches.

—Así es. Pero, sobre todo, no consideres el descanso una pérdida de tiempo. Es importante tomarte tu propio espacio para cuidarte y cuidar a los tuyos.

—Tiempo para crear un universo favorable a tu alrededor —se reafirmó Gabriel—, en el que puedan alinearse los astros.

Resonó en su mente el mensaje del hombre tranquilo: «Reúne el abrazo del oso, la garra del tigre y la mirada del dragón».

El oso estaba junto a ellos. Con el hocico pegado al suelo, seguía el recorrido de un escarabajo que sobrevivía a base de desplegar las alas al amanecer para recoger rocío en el único arbusto en kilómetros a la redonda. Como habría dicho el tigre, por muy cuesta arriba que se pusieran las cosas, siempre había una forma de salir adelante.

El dragón, por su parte, insistía en sus intentos de vuelo para, una y otra vez, volver a caer dejando marcas sobre las dunas como si fuera la ficha de un juego de mesa. «¿Qué necesitas tú para sanar?», pensaba Gabriel.

Hablando de sanar, se tocó la pierna.

—Si me caí es porque iba demasiado deprisa —declaró—. Y no me refiero sólo a la carrera huyendo de la tormenta de arena. Salí desbocado de Sombría, como mi tigre.

—No se trata de hacer mucho en el menor tiempo posible —corroboró el beduino—. Ni tan siquiera de hacer lo urgente. Lo que hay que hacer es lo importante.

—¡Lo importante para alcanzar la meta!

El otro negó con la cabeza.

—Me refiero a algo que va mucho más allá de tu meta inmediata.

—¿Entonces? Lo importante, ¿para qué?

Un graznido rasgó la paz del atardecer. Era el dragón, que se elevó frente al cerro hasta llegar a su altura. Permaneció unos segundos suspendido en el aire con la estampa imponente de un dios antiguo, las alas desplegadas y las garras hacia ellos, tapando el sol que destellaba tonos de fuego en su armadura de escamas… Y terminó cayendo en picado, como siempre.

Gabriel lo observó, preguntándose qué había cambiado. Nunca antes lo había visto así. A decir verdad, era la primera vez que interactuaba con su dragón.

El hijo mayor llamó su atención desde las faldas del cerro.

—¡Corred, esto está a punto!

Observaba la salida de la canalización y les hacía gestos para que bajasen.

Se unieron a él, al igual que su madre y las gemelas, justo cuando asomaban las primeras gotas llegadas desde el oasis.

La familia entera estalló en lágrimas. Tantas, que durante un rato no habrían necesitado el surtidor para regar la palmera.

—¡¿Quién dijo imposible?! —exclamó Gabriel, apretando los puños al tiempo que un viento repentino y feroz barría aquella palabra para siempre.

Impossssssss… ssssss… sssss… ssss… sss… ss… s… s… ss… sss… ssss… sssss… ssssss… ssssssssiempre.

15

La suave tela de los turbantes

El beduino se agachó para tocar el agua. Utilizó la palma de la mano como un cazo y la pasó por el tronco de la palmera.

—¿Qué quieres a cambio de lo que has hecho por nosotros? —preguntó a Gabriel.

—Sólo he tratado de estar a la altura de vuestro perdón.

—Te estaremos eternamente agradecidos.

—No tenéis por qué darme las gracias. Soy yo el afortunado.

El oso se acercó a ellos. Puso el hocico delante del reguero y lo sacudió, mojando al resto. El beduino le acarició el lomo y dijo:

—Me enorgullece que te sientas así. Cuando vives en este desierto, has de ser consciente en cada momento de la fortuna que tienes. Sobre todo por las cosas más pequeñas, y no porque a veces sean las únicas, sino porque siempre son las más importantes. Que mis gemelas cuchicheen por la noche porque se adoran la una a la otra es grande. Que mi mujer sea capaz de tejer una tela tan fina para los turbantes es grande. Que este sol nos reserve cada tarde la primera fila para ver la función es grande. Gabriel asintió.

—Desde que dejé Sombría y me lancé a lo inexplorado, me he dado cuenta de que mejor nos iría si diésemos gracias por todas esas cosas que consideramos nuestras por derecho propio, como abrir un grifo y que salga agua. Eso haría que las apreciásemos más, en lugar de obsesionarnos en todo momento con que nos falta algo. El deseo constante nos posiciona en la escasez y, así, en la infelicidad.

—Te aseguro que, con esa actitud, caminarás más tranquilo por la vida y no volverás a caerte. ¿Cómo va tu pierna?

—Mucho mejor. Sólo querría pediros que me dejéis quedarme hasta que se me cure por completo.

—Considera ésta tu casa —intervino la mujer, tomando el testigo de su esposo con la resolución de quien gobierna un hogar—, pero no es suficiente. Eres sastre, ¿no? Pues cuando partas te llevarás un fardo con mis telas blancas para turbantes.

Gabriel visualizó el montón que guardaban en el habitáculo, livianas como una nube.

—¡De ninguna manera! ¿Qué vais a hacer vosotros, entonces?

—Más telas —contestó ella, ocultando una risita tras la henna de sus manos.

Gabriel pensó que en aquel paraíso de relojes de arena todo marchaba a un ritmo mucho más humano. Quien no es esclavo del tiempo, posee todo el tiempo del mundo.

—Lo cierto es que haría unas bonitas camisas con ellas —comenzó a pergeñar, dejándose tentar por la posibilidad de poner término a su largo viaje—. Sin duda sería un punto de inflexión para la sastrería.

Se volvió hacia el tigre.

—¡No me mires así! Sé que no me servirán para desarrollar mis trajes soñados porque son blancas y lisas, muy diferentes a las grises de rayas y lunares que vi en la fotografía de tu tierra. Pero no negarás que la idea de las camisas es buena, ¿o no? Nadie en Sombría ha tocado una tela tan suave. Además, ¿no te parece que ya hemos llegado suficientemente lejos? Imagínate que seguimos adelante y las perdemos, o nos las roban, o se manchan de forma irreparable, y para rematar la faena no conseguimos encontrar las que habíamos venido a buscar. Si se diera esa circunstancia nos quedaríamos sin nada. ¡Sin nada! ¿Te imaginas qué tragedia? ¡Decidido! —resolvió, girándose hacia la mujer—. En cuanto pueda andar sin el bastón, pondremos rumbo de vuelta a casa con ese montón de telas de nube.

El tigre se alejó, cabizbajo.

—¡Es mejor que nos conformemos, amigo! —trató de convencerle Gabriel—. ¿Para qué seguir arriesgándonos si ya hemos conseguido algo bueno?

16

Un jardín inesperado

Durante las semanas siguientes, la palmera fue adquiriendo un lustre asombroso. Sus ramas se desplegaron como colas de pavo real y se colmaron de dátiles rechonchos que goteaban néctar. Pero lo mejor de todo fue que, a su sombra, empezaron a crecer nuevos árboles.

El beduino no podía creerlo. Cierto es que alguna vez había sembrado semillas, pero nunca había conseguido que germinara un solo brote.

Primero fue una higuera. Luego, dos bellos granados que a su vez hicieron las veces de toldo para un plantío de habas y sandías. Llegó un momento en que el lugar, más que un huerto, parecía un vergel.

Y también llegó el momento de regresar a casa.

La pierna estaba curada.

La familia se había agrupado junto al antiguo pozo, convertido en un símbolo del cambio que experimentaban sus vidas. La mujer le entregó un fardo con las telas blancas de turbante. Gabriel lo recogió, agradecido, y lo colgó al cuello del dragón. Al animal no le supondría ningún esfuerzo acarrear con él y quizá así se sintiera útil.

—No sólo has logrado que sobrevivamos —dijo el beduino—. Gracias a ti podremos seguir en este terruño, nuestro palacio. Y, por si fuera poco, nos has traído algo inimaginable antes de tu llegada: prosperidad.

—El mérito no es mío. Si no hubiera sido por la fuerza de mi tigre, jamás habríamos podido construir esa canalización.

—Es curioso pensar que si el felino no hubiese retirado la tapa del pozo, nada de esto habría ocurrido.

El campesino siguió hablando, pero Gabriel dejó de oírle.

¡Todo estaba conectado!

El desastre del pozo y el enriquecimiento de la familia. Era como si su tigre le hubiera querido lanzar un mensaje: «No hagas como la gente de Sombría, que pisa charcos y va calada hasta los huesos con tal de no arriesgarse a abandonar tierra conocida. No dejes que se te oxiden las entrañas y se te pudra la piel por conformarte. Lánzate a perseguir tus metas y, una vez en el camino, nunca des marcha atrás por miedo a perder algo de lo conseguido. No pienses que si eso ocurre, todo lo demás también se vendrá abajo. Eso no va a pasar, porque además de saber *qué* tienes que hacer, tienes muy claro *quién* eres, algo que no podrá destruir ninguna desgracia mundana. No importa lo lejos que esté el destino, ni cuántas tormentas de arena te sobrevengan. Tú seguirás siendo siempre quien eres. Así que glorifica tus rozaduras y haz un esfuerzo más para encontrar esas telas que sólo tú tendrás. Telas únicas, como el pelaje de un tigre, su huella dactilar, muy pronto también la huella de tu sastrería».

Contempló la palmera abarrotada de fruto y recordó la flor de su hija, la primera que germinó en Sombría. ¿Imposible? Imposssssss... ... ssssssssiempre. Tenía la sensación de llevar fuera una vida entera, pero su ilusión estaba intacta y su amor por la niña y su madre crecía a cada paso que daba en dirección a su meta. ¿Por qué ocurría eso? Porque estaba satisfecho de sí mismo, consciente de estar haciendo lo único que estaba en su mano para conseguir esa meta: perseguirla.

Derramó una lágrima que cayó en la arena.

Tap.

Sonrió. Había sonado como la gotera de su sastrería.

El felino se situó regio frente a él.

Gabriel tomó aire, esperó unos segundos y lo soltó de golpe:

—¡Nada de volver a casa! ¡Seguimos adelante!

Y entonces añadió:

—¡Groarrrrrr!

El tigre repitió el rugido, provocando olas en las dunas. Y de nuevo Gabriel. Y el tigre. Y Gabriel. Y el tigre. Una y otra vez, arañando el aire con sus garras sanadas.

17

El pequeño dátil

La insólita caravana se puso en marcha en dirección a la tierra de los baobabs.

Gabriel y su tigre iban en cabeza. Justo detrás, el oso seguía haciendo de guía al invidente dragón.

Apenas habían dado una docena de pasos, cuando el beduino gritó:

—¡Espera!

Se encaramó a la palmera, cogió un dátil y se acercó a Gabriel para entregárselo.

—Te agradezco el gesto —sonrió el sastre—, pero tu esposa me ha preparado una bolsa repleta para el viaje.

—Éste es diferente.

—¿Por qué?

—Porque es de una especie que alimenta el alma.

Gabriel sonrió. Había visto cómo lo arrancaba de la misma rama que el resto.

—Entonces lo guardaré para tiempos difíciles —se le ocurrió decir con cariño—, porque ahora mismo me siento invulnerable. Sé que puedo conseguir algo grande.

—Precisamente por eso te lo entrego. No quiero que tus afiladas garras terminen destrozándote a ti mismo.

Gabriel lo observó intrigado y le siguió el juego.

—¿Qué he de hacer para que eso no ocurra?

—Basta con que sepas la respuesta a esta pregunta: «¿Qué debo pedir a los dioses para que este único dátil me alimente de por vida?»

—Supongo que puedo pedirles que aumenten su tamaño un millón de veces.

El beduino negó con la cabeza.

—Por muy grande que fuera el dátil, nunca estarías satisfecho. Siempre querrías más y más.

—¿Qué debo pedirles entonces?

—Que te hagan a ti tan pequeño como para que este fruto te alcance para siempre.

Gabriel sonrió.

—Nadie es más grande que quien se muestra pequeño.

—Ése es el secreto para conseguir las cosas que amamos. Vacíate y permanecerás repleto. No compitas y nadie en el mundo podrá vencerte.

Le dio las gracias por aquel regalo de última hora y, entonces sí, reanudaron la marcha sin mirar atrás.

Diminutos como granos de arena en el desierto.

Inmensos, brillantes y únicos, como granos de arena en el desierto.

EL DRAGÓN

1

Melodías en la jungla

Las tierras áridas fueron desvaneciéndose como una canción lenta, dando paso a una jungla exuberante. Caminaban por un mullido manto de hongos, musgos y helechos bajo el que burbujeaban millones de microorganismos. Sobre sus cabezas, las lianas se enroscaban celosas a los árboles de treinta metros.

Gabriel se abrió paso durante semanas entre el follaje sin otra ayuda que sus manos llagadas. La primaria belleza de la región era proporcional a su hostilidad, pero logró sobrevivir a base de estrellas fugaces. Como el día que se le ocurrió buscar nutritivos gusanos en un tronco podrido. Estaba claro que la creatividad era más importante que la fuerza bruta y, a esas alturas, no había escrúpulo que pudiera frenarle.

Tampoco al tigre, que se mostraba excitado al olfatear el final de la travesía. Sus patas se habían repuesto por completo y sus habilidades se habían potenciado al máximo. Cruzaba ríos a nado, saltaba como un muelle en altura y en longitud, y sus rugidos entretejían infrasonidos que disuadían de oscuras intenciones a cualquier criatura que hubiera pensado cruzarse en su camino.

Ambos sabían que si la firmeza había sido importante al principio de la travesía, ahora que las fuerzas escaseaban era esencial. Tenían que mantener el timón firme hacia su objetivo, por angosta que fuera la ruta, sin dejarse tentar por falsos atajos supuestamente más cómodos en los que sólo conseguirían derrochar combustible.

—Ningún camino fácil conduce a la grandeza —se repetía Gabriel a sí mismo cuando la noche volvía el entorno aún más enmarañado.

Una mañana, tras haber dormido unas horas sobre un lecho de hojas de plátano, un sonido llamó su atención. No eran los chasquidos de la madera, ni el temblor de la hojarasca. Era...

¿Una flauta?

Se volvió hacia el tigre, que ya estaba en posición de guardia y escuchaba atento.

—¿De verdad hemos llegado?

Echaron a correr los cuatro entre la foresta, siguiendo el rastro de la melodía que les condujo a un claro.

Antes de exponerse, asomaron la nariz entre unas trepadoras. Lo hicieron todos al mismo tiempo, incluso el dragón estiró el cuello para curiosear aunque no pudiera ver nada. Para entonces habían alcanzado tal nivel de compenetración que parecían una única persona.

—Ahí está —susurró con emoción.

Era una aldea con las chozas dispuestas en estrella alrededor de un baobab. Sin duda, el lugar donde el hombre tranquilo disparó la fotografía.

Un grupo de nativos interpretaban la música sentados en el suelo. El primero soplaba el interior de una piedra agujereada. Otro pellizcaba un violín fabricado con corteza de palmera. Un tercero cantaba versos dedicados a la riqueza del suelo selvático.

Gabriel sonrió, y no por el exotismo de los acordes. Los nativos vestían unas telas grises de fibra natural...

Con rayas y lunares negros.

—Lo hemos conseguido, amigos...

Cerró los ojos y levantó la cara, dejando que le acariciasen las hojas impregnadas de rocío que la brisa del amanecer desprendía de los árboles.

2

El imperdible de plata

La aldea entera salió a recibir al felino. Aquel ejemplar único en belleza y poderío fue considerado durante años un icono de la región y echaban de menos el resonar de sus rugidos en la espesura.

—Si vienes con el tigre, eres bien recibido —declaró una nativa seductora y dura como la propia selva.

Era la jefa del clan, un privilegio que se había granjeado a base de tejer como nadie aquellas maravillosas telas a las que Gabriel no podía quitar ojo.

—Como sigas mirando nuestros vestidos de ese modo, vas a acabar desgastándolos —bromeó, provocando las risas del resto.

—No querría llegar a eso. He venido desde muy lejos buscando esas rayas y lunares.

La nativa dibujó un rictus de desaprobación.

—Otro contrabandista...

—¿Qué quiere decir?

—No eres el primero que pasa por aquí queriendo llevarse una caravana cargada de fardos, ni serás el último en volver de vacío por donde ha venido. Aquí no negociamos con las telas. Las tejemos para sentirnos bellos.

—Tan sólo soy un sastre —le explicó él.

—¿Un qué?

—Me dedico a hacer trajes.

—¡Eso sí que me gusta!

Levantó los brazos y contoneó las caderas, iniciando una danza que al instante acompañaron los músicos.

—Pero sí que quiero comprártelas —retomó Gabriel—. Todas las que sea posible.

El baile se detuvo de golpe.

—¿Por qué?

—Voy a crear mi propia línea con esos estampados. Allí de donde vengo, nadie ha visto nunca algo parecido.

La nativa intercambió unas palabras con otras dos mujeres que asistían a la conversación. Gabriel aprovechó para sacar de la bolsa un fajo de billetes que había reunido antes de abandonar Sombría. Se lo ofreció con un gesto protocolario al que la nativa contestó con desprecio.

—¿Para qué me das esos papelajos?

—Es dinero...

—Ya sé lo que es, pero no se puede comer. Y tan manoseado... Por mí puedes tirarlo, pero lejos de esta selva.

Su reacción lo cogió desprevenido. No había contado ni con su falta de interés por vender las telas, ni con su rechazo al dinero. No era posible que su aventura fuese a terminar de ese modo, después de toda la ilusión y el esfuerzo derrochados para llegar hasta allí. Se le ocurrió cambiar de estrategia y probar con un trueque, que a buen seguro era el sistema habitual de comercio en la aldea. Pero ¿qué podía ofrecerle tan valioso que no le diera opción a resistirse? No había traído nada consigo.

Nada, salvo...

Llevó la mano al imperdible de plata de su padre que seguía abrochado en la pechera.

La nativa se percató al instante.

—Eso sí que me gusta —dijo con un brillo repentino en los ojos.

Gabriel pensó que al final iba a ser más fácil de lo que pensaba. ¿Qué mejor uso podría dar a aquel fetiche? Pero antes de desabrocharlo se volvió hacia sus animales, sin los cuales ya se sentía incapaz de dar un paso.

—¿Cómo lo veis vosotros?

3

El ascenso del dragón

El oso se sentó en el suelo y se dedicó a juguetear con una abeja que hacía tirabuzones alrededor de su hocico. Estaba tranquilo, no tenía nada que objetar a que Gabriel se desprendiera de la pequeña joya familiar.

—Sabes que no hago esto para echar paladas de tierra sobre la mala relación que mantuve con mi padre —le confirmó el sastre—. Me he aceptado tal y como soy, ya no sufro por las viejas heridas.

Sabía bien lo que decía. Durante la crisis que le había llevado a yacer en el colchón tirado en el suelo de su taller, cualquier recuerdo se convertía en una tortura. Cuando pensaba en pasados tristes, le impregnaba el desconsuelo y se venía abajo; y cuando recordaba pasados idílicos le ocurría lo mismo, ya que no podía quitarse de la cabeza lo que un día tuvo y había perdido. En ambos casos se convertía en un muerto viviente incapaz de hacer lo correcto: actuar en el presente para que no se repitieran los pasados tristes o para recuperar los pasados idílicos.

El tigre rugió con fuerza, un arrebato que Gabriel supo bien cómo traducir: ¡actuar en el presente, tú mismo lo has dicho! Si has llegado hasta aquí ha sido por caminar siempre hacia delante con valentía, resolución y firmeza. Así que déjate de cháchara, entrégale el imperdible a la nativa de una maldita vez y hazte con aquello que has venido a buscar.

Mientras estaba desabrochándolo, el dragón emitió un graznido y desplegó las alas, mostrando su estampa imponente. Cientos de pájaros alzaron el vuelo desde los árboles vecinos. Los niños más pequeños de la aldea se recogieron en las faldas de sus madres.

—¿Qué ocurre, amigo? —trató de calmarlo Gabriel.

El animal no dejaba de graznar, estirando hacia él su largo cuello. El sastre le miró a los ojos. Aun cubiertos por aquellas terribles cataratas, los abría como platos, parecía que se le fueran a salir de las cuencas, era como si quisiera atravesar el velo que le cegaba, mirar más allá...

Gabriel le mostró el imperdible.

—¿Es por esto?

El dragón agitó las alas y comenzó a ascender. Un poco, y un poco más... Nunca había llegado tan alto. Siguió subiendo hacia la copa de un árbol inmenso, entre cuyas ramas acabó perdiéndose.

Se hizo el silencio.

Los nativos se miraron unos a otros.

Incluso el oso y el tigre permanecían estáticos, a la espera de que su compañero se desplomase en picado, como llevaba haciendo desde el inicio del viaje cada vez que trataba de elevarse un poco.

De repente, un chasquido. Luego otro. Las ramas se quebraban por el bulto que caía y que en unos segundos se estrelló frente a Gabriel y la nativa, produciendo un sonido seco y levantando una gran polvareda.

El sastre agitó las manos para apartar de su cara la nube arcillosa y ver cómo se encontraba su amigo alado. Por muy acostumbrado que estuviera a aquellos aterrizajes forzosos, esta vez había caído desde muy alto.

—Pero…

Se quedó estupefacto al ver que lo que tenía a sus pies no era el dragón.

Era el fardo con las telas blancas de turbante que su animal había transportado colgado del cuello desde que partieron del asentamiento del desierto.

4

Libertad

La nativa se agachó para sacar uno de aquellos livianos tules de la bolsa. A juzgar por su expresión, quedaba claro que jamás había tocado unas telas tan suaves. Seguro que ya estaba visualizando las prendas que podría tejer con ellas. Se giró hacia Gabriel y preguntó:

—¿Todavía estás interesado en mis rayas y lunares?

—¿Las que ningún contrabandista ha podido conseguir? —repuso él con una media sonrisa.

—Te cambio un fardo de mi mejor selección por éste que ha tirado tu dragón.

—¿Ya te has olvidado de mi alfiler?

—Te doy dos fardos de mis telas a cambio de las tuyas y no se hable más —concluyó ella, ahorrándose entrar en regateos.

Al final, todo adquiría sentido. Se unían puntos que se antojaban distantes como galaxias. El encuentro con los beduinos, los errores reconocidos y el esfuerzo conjunto volcado en un proyecto surgido de la creatividad cuando parecía no haber salida... Sus pensamientos, sus palabras y sus actos le habían conducido hasta allí. La generosidad era un bumerán que siempre regresaba multiplicado por mil tras dejar por el camino una estela de estrellas. Miró hacia arriba y murmuró:

—Querido dragón, ¿cómo se te ha ocurrido?

—¡Sellemos el pacto a nuestro modo! —exclamó la nativa—. ¡Organicemos un baile para nuestro nuevo amigo!

Toda la aldea se puso manos a la obra, animada por los rugidos del felino que, como en los viejos tiempos, resonaron en la espesura.

Gabriel se sentó con su anfitriona junto al baobab. El oso y el tigre se situaron uno a cada lado, terminando de componer una estampa de trono babilonio. Volvió a mirar hacia la copa del árbol al que se había encaramado el dragón. Entornó los ojos para enfocar mejor, pero estaba a tal altura que era imposible distinguir nada.

«Ya bajará», pensó.

Los cocineros de la aldea sacaron bandejas de yuca frita y cuernos que rebosaban jugo de caña de azúcar. Los músicos tejieron una red de trinos que se extendieron como enredaderas. Todos los miembros del clan desempeñaban sus respectivas labores con tanta alegría que parecían los actores de un musical.

Gabriel los contempló con envidia. Se suponía que debería haber sido al revés, ya que era él quien procedía de un lugar lleno de comodidades, con chimeneas y automóviles y alarmas de incendios. Pero aquellos nativos desprendían algo que hacía que todo lo demás pasase a un segundo plano: libertad.

No tenían los huesos oxidados ni la piel podrida, ni necesitaban ahorrar conversaciones para evitar que al abrir la boca se les escapase el calor corporal. Hablaban por doquier y cantaban y reían porque no tenían miedo de perder nada.

«Eso es —pensó Gabriel—, no tienen miedo a la pérdida.»

No era como en Sombría, cuyos habitantes iban acumulando cosas y, en lugar de convertirse en seres más plenos, se volvían cobardes y vulnerables. Pensaban que si dejaban escapar cualquier cosa de lo que atesoraban en el interior de su puño cerrado —ya fueran cosas, personas, estatus o experiencias— todo lo demás también se vendría abajo. Y por ese miedo a perder algo por el camino, preferían no mover un dedo para cambiar sus vidas, aun a sabiendas de que algo iba mal. Preferían vivir bajo el eclipse. Preferían renunciar a su libertad.

En un momento dado, la nativa le anunció:

—Ahora viene lo mejor.

Un grupo de bailarinas salieron en fila desde la choza en la que se habían vestido para la ocasión.

Gabriel contempló hipnotizado cómo agitaban cada centímetro de su anatomía. Ellas se mostraron complacidas, sin llegar a imaginar que el extranjero no miraba sus cuerpos sensuales, sino sus ropas. Aquellos vestidos de gala estaban confeccionados con telas...

De colores.

5

No hay gris en el arcoíris

¿Telas de colores?

Le costaba incluso pensar una frase en la que cohabitasen las palabras «telas y colores». En Sombría todo el mundo, sin excepción, vestía de gris. Pero las tenía delante, cada una diferente de la anterior: rojas, naranjas, amarillas, verdes, azules, añiles y violetas. De pronto, la aldea se había llenado de arcoíris.

—¿Te gustan? —le preguntó al oído la jefa del clan—. Si las prefieres a las otras, por mí no hay problema.

Gabriel negó levemente con la cabeza. Aquellas telas de colores le fascinaban, pero ¿para qué iba a complicarse la vida? Si algo tenía claro era que con las otras acertaría seguro. Los clientes se sentirían atraídos por los nuevos estampados de rayas y lunares negros sobre el habitual fondo gris al que estaban acostumbrados.

El tigre lanzó una dentellada al aire. Quería asegurarse de que Gabriel tenía grabado a fuego en la mente su objetivo y no iba a encapricharse en el último momento con algo diferente a lo que habían ido a buscar.

—No te preocupes, amigo. Nos llevaremos las inicialmente previstas y reflotaremos la sastrería. Ganaremos tanto que los billetes no cabrán en la caja.

Al pronunciar aquellas palabras sufrió una especie de mareo.

—¿Estás bien? —le preguntó la nativa al ver cómo empalidecía su rostro.

Él contestó que era debido al ansia con la que estaba devorando aquellas delicias gastronómicas después de tanto tiempo sin apenas haber probado bocado. Pero sabía que se trataba de otra cosa.

Una sensación incómoda, como de vacío.

En realidad, no le resultaba desconocida. Hacía mucho tiempo que se le había abierto en el pecho un agujero que no sabía cómo llenar. Pero esta vez era diferente, lo sentía de forma muchísimo más intensa, como si todas sus células se dispersasen en el espacio infinito, terminando por reducirse a la nada.

Una nueva serie de graznidos del dragón le arrancaron de aquella perturbadora sensación. A pesar de llegar desde la copa del árbol sonaban fortísimos, y un tanto desesperados.

Los músicos se detuvieron a media canción, las bailarinas interrumpieron sus contoneos, los niños dejaron de masticar las empanadillas de ají, sobrecogidos por los lamentos que llegaban desde las alturas.

Gabriel miró hacia arriba. «¿Qué te ocurre, amigo?»

Al cabo de unos segundos, resolvió:

—Voy a subir.

El oso y el tigre se pusieron en guardia.

—Vosotros dos tuvisteis vuestro momento —les apaciguó—. Ahora he de dedicarme a nuestro compañero.

—¿Estás seguro? —intervino la nativa—. Es el árbol más alto de la selva.

Gabriel se encogió de hombros, como diciendo que no podía hacer otra cosa. Lo más fácil habría sido ignorar al dragón, regresar a Sombría y ponerse a coser para enriquecerse y recuperar a su familia. Al fin y al cabo, todo apuntaba a que su aventura había culminado con éxito. Pero el hombre tranquilo había sido muy claro: para que su vida se alinease, tenía que reunir el abrazo del oso, la garra del tigre y la mirada del dragón. Los tres. Y le faltaba la mirada. ¿A qué habría querido referirse el astrónomo con eso? Tal vez tuviera que ver con el inquietante vacío que acababa de experimentar, aquel agujero en el pecho que se estaba haciendo más y más grande justo cuando todo parecía ir como la seda. Nada había sido casual desde que aquel hombre había aparecido en su vida, así que no le dio más vueltas. Subiría hasta el mismo sol si fuera necesario para completar el acertijo.

Se encaminó hacia el tronco y comenzó a escalar rama a rama. Poco después, los nativos parecían hormigas. Más tarde, eran las casas del poblado las que abultaban menos que una lenteja. No quería ni pensar en dar un traspié y caer abajo. Por eso miraba siempre hacia arriba.

Ya siempre hacia arriba.

6

El cielo al alcance de la mano

Aquel árbol era más alto que muchas montañas. Se erguía inmenso y solitario sobre la tupida vegetación, llegando a atravesar alguna nube. Cuando alcanzó la copa, Gabriel pensó que tenía el cielo al alcance de la mano.

El dragón estaba sentado en una rama y miraba al infinito. Se acomodó en la contigua sin decir nada. El viento provocaba una leve oscilación que le acunaba, haciéndole sentir como un recién nacido o un yogui.

De pronto, todo era calma, todo quietud.

Miró abajo. Nativos hormiga con sus prendas de arcoíris. Casas lenteja. Después oteó al horizonte. El vasto desierto, tan pequeño. Las nuevas franquicias de ropa y los charcos y las angustias de Sombría, tan pequeños.

Quietud…

A pesar de la distancia —pero gracias a aquella calma de edén— divisaba cualquier detalle con suma claridad. Alejado del caos que normalmente reinaba a su alrededor, era capaz de ver... la vida.

Durante un rato observó sus mecanismos, los engranajes que movían a las cosas y a los humanos, mucho más sencillos de lo que parecían desde abajo. Comprendió que lo más característico de la vida era que cambiaba a cada instante, al igual que cambiaban las dunas junto al asentamiento del beduino: de forma inesperada, de forma incontrolable, de forma imprevisible. Alegrías, complicaciones, alegrías, complicaciones...

Como olas.

Cuando estaba en mitad del caos de Sombría, entre los cláxones y los extractores de aire y las miradas recelosas de los transeúntes, ese vaivén le desesperaba, perdía la perspectiva y se deprimía al pensar que, cada vez que algo se torcía, todo lo demás también se hundiría a su alrededor. El caos le impedía relativizar las cosas. Cualquier contrariedad se le antojaba letal. Sin embargo, desde la copa de aquel árbol, con el sol que le masajeaba los hombros y el viento que susurraba como un bardo de madrugada, contemplaba las olas y se daba cuenta de que, como venían, se iban...

—Nunca más me dejaré arrastrar por las de resaca, y ya siempre surfearé las de brillante espuma —prometió—. Gracias por esta clarividencia, querido dragón.

Cuando se disponía a descender a tierra se percató de que, si bien las cataratas del animal se habían reducido, buena parte del mal aún velaba sus ojos. Se llevó la mano al pecho. Su sensación de vacío tampoco se había desvanecido. Muy al contrario, se manifestaba más presente que nunca.

Había conseguido una nueva visión de la vida que sin duda le haría el camino menos complicado, pero aún no tenía la mirada del dragón.

7

Más allá de los kilómetros y de los años

—¿Para qué me has subido aquí entonces? —le preguntó—. ¿No vas a darme siquiera una pista?

El animal le lanzó una mirada de reojo.

—Así que ya me la has dado... —sonrió, y empezó a hilar—: La primera vez que lograste alzar el vuelo fue en el asentamiento del desierto, cuando te elevaste frente al cerro mientras contemplaba el atardecer.

Recordó que, cuando eso ocurrió, el beduino le estaba diciendo que lo que había que hacer en la vida no era lo urgente, sino lo importante, aquello que estaba por encima de las metas inmediatas... Como construir una galería subterránea que, además de surtir de agua a su familia, perdurase en el tiempo para las generaciones venideras.

—El beduino tenía un propósito que sobrepasaba sus objetivos inmediatos... ¡Como mi padre! —estalló de pronto, atando cabos—. La segunda vez que alzaste el vuelo y subiste hasta aquí, arrojaste el fardo con las telas blancas de turbante para que no me desprendiera del imperdible. —Tocó la pequeña joya de plata—. Ahora veo que mi padre también tuvo un propósito superior al hecho de ganar sus batallas del día a día: fundar un negocio que perdurase en el tiempo, que pasase de generación en generación...

Aprovechando la altura del árbol miró a lo lejos, más allá de los kilómetros y de los años, y vio a su padre preparando la sastrería para la inauguración. Resultaba entrañable contemplarle con la misma edad que Gabriel tenía ahora. Se afanaba con una ilusión inquebrantable en barnizar las paredes, en colocar cada botón en los expositores para que todo fuera perfecto, en alisar las arrugas de los trajes que vestían los maniquíes... Las mismas paredes, los mismos botones y los mismos maniquíes que, décadas después, esperaban su vuelta con las nuevas telas.

—La mirada del dragón sirve para vislumbrar nuestro propósito —concluyó, épico.

El animal agitó las alas como si aplaudiera, sin llegar a despegar de la rama. La copa del árbol se balanceó como un péndulo. Gabriel respiró un poco de nube para rebajar la excitación y habló al hombre tranquilo, queriendo pensar que éste le observaba desde otra nube más lejana en forma de estrella:

—Con esto culmina el acertijo, ¿verdad? El abrazo del oso, la garra del tigre y la mirada del dragón... Primero necesitaba abrazar los valores del oso, la compasión, la aceptación y la generosidad que ordenaron mis emociones para brillar como un ser único más allá de mis grietas y virtudes. Después, convertirme en un guerrero fuerte como el tigre para actuar con valentía, resolución y firmeza en el ahora, el único momento cierto. Y, para terminar, me faltaba contemplar la vida desde las alturas como el dragón para comprender que en el mundo de las cosas todo es relativo, que el verdadero sentido de nuestra existencia lo encontramos cuando nos entregamos a un propósito superior a las metas terrenales que vayamos forjándonos por el camino.

El dragón se giró hacia él.

Le habían desaparecido las cataratas. Allí estaban de nuevo sus ojos resplandecientes, atravesados por una pupila romboide de color rojo, capaces de verlo todo.

Gabriel no pudo contener la sonrisa que se le dibujó de oreja a oreja.

—No sabes lo feliz que me siento por ti, después de la cantidad de trompazos que te has dado. Yo también soy feliz al comprender por fin que necesito un propósito superior que dote de sentido mi existencia, pero ¿cómo puedo encontrarlo?

8

Mi propósito

El dragón dirigió de nuevo la mirada hacia el infinito.

—Cuando empezaste a graznar como un loco durante el baile, ¿qué estaba haciendo yo? Fue justo cuando renuncié a esas maravillosas telas de colores...

Sintió un estremecimiento. Su animal le estaba animando a llevárselas en lugar de las otras. ¿Por qué? De nuevo miró abajo. Vio a los hombres hormiga, tan insignificantes... y tan libres. Habían reanudado la fiesta en honor al tigre. De nuevo cantaban y comían y reían y bailaban entre aquellos arcoíris que ondeaban como banderas el día de la independencia. Sin cadenas, sin miedos. Libertad, no había nada más importante. Justo lo que faltaba en Sombría, una cárcel de charcos conocidos cuyos habitantes ni siquiera se planteaban aspirar a una vida mejor.

—¿De verdad estás pensando que yo...? —Le hablaba al dragón, o al hombre tranquilo, o a sí mismo, ¿acaso importaba?—.

¿De verdad crees que alguien tan pequeño como yo, tan sólo confeccionando trajes de colores, podría llevar a Sombría algo tan grande como la libertad?

El mero hecho de preguntárselo ya hizo que se sintiera bien. El agujero del pecho se estaba llenando. El vacío se estaba ocupando de mariposas.

Hacer trajes con las telas de colores marcaría un antes y un después en la forma de vestir de los habitantes de Sombría, pero lo mejor era que también marcaría un antes y un después en sus vidas. Tenía la oportunidad de utilizar su don para inspirar. Sería como gritar desde el escaparate para que todos lo oyeran: «¡Me he quitado las cadenas!»

A buen seguro que, en ese mismo instante, el tigre estaba rugiendo y arañando el tronco del árbol para decirle: «¡No! ¡Llévate la tela gris con rayas y lunares y no te compliques en otra cosa que no sea hacer caja!» Pero para entonces Gabriel ya sólo oía los graznidos del dragón, que replicaban: «¡Sí, haz caja pero con un sentido superior! ¡Da rienda suelta a tu creatividad y siéntete orgulloso, pero, siempre que esté en tu mano, mira más allá de ti mismo! ¡Piensa en tu familia, en tus vecinos, en la gente que te rodea. Con las telas de colores ofrecerás a tus clientes el producto único que buscabas y, como añadido, tendrás la oportunidad de dejar el mundo que habitas al menos una puntada más bello de lo que lo habías encontrado. ¿A qué mejor propósito puedes aspirar?»

El oso le había dado un *quién*. El tigre le había dado un *qué*. Y aquel dragón encaramado a un árbol acababa de darle un *porqué*.

—Tengo un *quién* tatuado en el corazón, un *qué* tatuado en el cerebro y un *porqué* tatuado en el alma —declaró mirando a la nube desde la que le contemplaba el hombre tranquilo—. Soy mis tres animales en paz.

Y tanto la nube como su sensación de vacío se desvanecieron en el cielo azul.

9

Soy el aire

Bajaron a tierra y se prepararon para regresar a Sombría. Lo harían volando a lomos del dragón, ahora que podía ver.

La nativa le hizo entrega de los dos fardos que preparó con sus mejores telas de colores. Al igual que hizo en su día con el que le regaló la mujer del beduino, el sastre los colgó del cuello del dragón.

—Átalos bien para que no se caigan por el camino —le dijo ella.

—Te aseguro que saltaría detrás si eso ocurriera —bromeó Gabriel.

Fue a encaramarse al animal, pero en el último momento se detuvo. Desabrochó su imperdible de plata y se lo ofreció a su nueva amiga.

—No es necesario —rehusó ella—. El trato fue dos fardos de los míos por el tuyo de telas blancas. Ya has cumplido tu parte.

—Esto no tiene nada que ver con nuestro negocio. Quiero que lo guardes hasta que aparezca por aquí otro sastre que necesite encontrar su propósito.

—Pero es el fetiche de tu familia...

—Estoy seguro de que mi padre aprobaría lo que estoy haciendo. Sé bien de dónde vengo, nadie me podrá arrebatar nunca esa certeza. Y además, ahora tengo un nuevo fetiche para seguir caminando sin perder el rumbo.

Metió la mano en el bolsillo para tocar el pequeño dátil que le había entregado el beduino. El oso le abrazó desde atrás. Gabriel sonrió, celebrando tener al peluche gigante a su lado. Si no hubiera sido por él, jamás se habría creído capaz de vivir una aventura tan apasionante.

Entonces sí, se encaramó al dragón agarrándose a la cresta. El oso y el tigre se colocaron detrás, anclando sus garras a la armadura de escamas.

—¡Despega, dragón! —gritó al viento con el poderío de un líder mongol.

El animal agitó las alas y las patas se separaron del suelo. Era mágico aquello de volar. En unos segundos ya estaban surcando el cielo.

Gabriel se sentía ligero como una pluma, por dentro y por fuera. No es que estuviera atravesando el aire...

—Soy el aire —susurró, cerrando los ojos.

10

Regreso a Radiante

Sobrevolaron la selva exuberante y el desierto dorado. No podía apartar la vista de los fardos que colgaban del cuello del dragón. Tras su agotadora aventura en las arenas que ahora divisaba desde lo alto llegó a plantearse regresar a casa con las telas blancas de turbante. Sabía que eso habría sido renunciar a su meta, pero lo justificaba diciendo que al menos confeccionaría unas camisas decentes que le permitirían sobrevivir un tiempo. «¿Y si sigo adelante y me quedo sin nada?», se preguntó aquel día en la casa cónica del beduino. No fue su voz la que habló entonces, sino la del miedo, esa telaraña espesa que envolvía a sus víctimas y se les metía en la boca y en la nariz, impidiéndoles respirar. Desde las alturas, agarrado a la cresta de su dragón, vio cómo los habitantes de Sombría se aferraban a trabajos o relaciones, convenciéndose a sí mismos de que era suficiente, angustiados por el miedo a quedarse sin nada, aunque cada vez que se miraban en el espejo del baño veían su rostro más y más consumido, hasta que dejaban de ser ellos mismos. Afortunadamente, el abrazo de su oso deshizo la telaraña, ayudado por la garra del tigre que terminó de romperla para que continuara libre su andadura hacia las telas grises de rayas y lunares. El felino sabía que eran idóneas para cumplir su objetivo, que con ellas reflotaría para siempre la sastrería. Pero el dragón se encaramó al árbol y, culminando el buen hacer de sus dos compañeros, le mostró que, más allá de las metas concretas que necesitaba conseguir para salir adelante en la vida, había un propósito que la dotaría de sentido. Un propósito que habitaba en aquellas maravillosas telas de colores con las que, además de prosperar, iba a tener la oportunidad de cambiar también la vida de sus conciudadanos.

Cuando cruzaron la línea fronteriza de Sombría y se adentraron en el páramo que rodeaba la ciudad, se apoderó de ellos la oscuridad del eclipse.

—¡Ya estamos en Radiante! —exclamó Gabriel, agarrándose fuerte a la cresta del dragón.

Sus tres animales le *miraron* como si estuviera loco.

¿Qué era eso de Radiante?

—¿Acaso habéis olvidado la fuerza de las palabras? Como cuando cambié la sonata *Patética* por la *Appassionata*. Una palabra puede arrebatarnos la libertad, pero también puede devolvérnosla. Prometí que mis propios labios jamás volverían a forjar una barrera, que todas las palabras que usase tendrían su propia luz. Así que, ¡bienvenidos a Radiante, el nuevo nombre de mi ciudad libre!

Tomaron tierra frente a la sastrería.

Lo primero que hizo Gabriel fue comprobar si la pequeña maceta de su hija seguía en el escalón de la entrada. Sonrió al ver que se la había llevado y metió la mano en la bolsa para buscar la llave. ¡Cuántas cosas habían ocurrido desde que echó el cerrojo! Recordó lo que sintió cuando pisó la tierra inexistente y el sol estalló en su coronilla, aquella nueva luz que iluminó su propio camino.

—Antes de decidirme a dar el primer paso —comentó al oso—, te pregunté si no sería mejor esperar a que las cosas se ordenasen un poco. Me pasaba la vida esperando y esperando el momento propicio para hacer esas cosas importantes que iban a cambiarlo todo, sin darme cuenta de que ese momento no existe. Cuando contemplé las dunas cambiantes desde lo alto del árbol comprendí que el mundo viene y va como las olas. Ya lo decía el beduino: «¡No hay noches estrelladas sin tormentas de arena!» Pero también tomé conciencia de que esto no es algo trágico. Es algo natural que forma parte de nuestra existencia y que no ha de impedirnos seguir caminando fieles a nuestro propósito.

Se dispuso a abrir la cerradura sin dejar de hablar.

—Recuerdo lo que te dije exactamente: «Es mejor esperar a que se alineen los astros», convencido de que algún día el eclipse llegaría a su fin por sí mismo. Pero ahora sé que los astros no se alinean solos. Somos nosotros los que tenemos que ordenarlos en nuestro propio universo. Éste es el secreto que descubrió el astrónomo tras décadas de estudio contemplando las estrellas, y por eso os puso en mi vida. Para que me ayudaseis a buscar la mía. Así que vamos adentro, que tenemos que hacerla brillar.

11

La paz entre tuberías

La tarima le recibió con un crujido de buenos días. Mientras dejaba los fardos con las telas de colores junto al mostrador, dijo a sus animales:

—¿Vais a entrar de una vez?

Le extrañó no oír jadeos a su espalda.

Se giró.

No estaban.

—¿Qué demonios pasa?

Salió a toda prisa a la calle. Miró a ambos lados.

Su oso, su tigre y su dragón habían desaparecido.

No entendía nada, estaba consternado. ¡Ya no era capaz ni de respirar sin tenerlos a su vera! Esperó en la puerta confiando que anduvieran por ahí husmeando y marcando las esquinas de la manzana, pero al cabo de unos minutos seguía sin haber rastro de ellos. Una ventolera acompañada de llovizna le empujó definitivamente al interior.

Decidió ordenar las telas que había traído para dar tiempo a que regresasen. Al sacarlas de los fardos sintió un escalofrío. Aquellos colores funcionaban a la perfección en la selva, pintando de alegría los troncos y las lianas; pero allí, en la oscura Sombría (en la oscura Radiante, quería decir), empezó a dudar si no serían demasiado extravagantes.

Agitó la cabeza para expulsar esos virus de su mente.

—No puedo perder la mirada del dragón —declaró en voz alta, tratando de calmarse—. ¡Tengo que concentrarme en mi propósito!

Salió al patio buscando un espacio donde relajarse para recuperar la quietud conseguida en la copa del árbol (aquella paz que le permitía ver todo con tantísima claridad) y ponerse a coser de inmediato. Pensó que tal vez junto a las jaulas estaría a gusto, pero al verlas vacías se le vino el mundo encima.

—¿Por qué me habéis abandonado?

Se sentó en el suelo con la espalda apoyada en la pared. Remolinos de viento. Llovizna fría. Se echó por encima la manta con la que en su día arropó al oso. Era suave, pero no tanto como el abrazo de su peluche gigante. ¿Cómo iba a encontrar la paz en aquel patio? Olía al humo de los aspersores de las cocinas, las tuberías sonaban como las tripas de un coloso, la sirena de una ambulancia hacía temblar las ventanas, a través de las cuales los vecinos arrojaban miserias de pareja.

Se llevó las manos a la cara.

Y escuchó unas notas conocidas.

Una voz blanca tarareaba las primeras notas de la *Appassio-nata*.

Miró hacia arriba. Era una niña, algo menor que su hija. Había abierto la ventana de su dormitorio en el primer piso, justo encima de la sastrería, lo suficiente para asomar la cabecita que apoyaba de lado sobre sus propios brazos. Tenía el pelo calado y un reguerito de agua discurría por su nariz respingona, pero se mostraba tranquila, sin que le afectase ni el frío, ni el humo, ni los sonidos de desagüe ni las crisis de los vecinos. Se limitaba a tararear la canción que un día escuchó a través del patio mientras observaba a Gabriel...

Con una inmensa paz.

—Gracias, preciosa —le susurró el sastre desde abajo—. Por recordarme que la paz no está en lo alto de un silencioso árbol de mil metros. La paz está en un corazón en calma en mitad del caos. Está dentro de nosotros, como todo lo demás.

12

Rugidos en el biombo de espejos

Fue directo a la sala donde tomaba las medidas y se plantó frente al biombo de espejos.

En el mismo lugar donde compartió su único rato —aquel duro y maravilloso rato— con el hombre tranquilo.

Contempló su propia imagen y respiró hondo. El pelo y la ropa calados.

—Dentro de nosotros —repitió para sí—, como todo lo demás...

Y empezó a escucharlos. Primero más leves, poco a poco más intensos.

Gruñidos.

Rugidos.

Graznidos.

Estallando en su pecho, golpeando como tambores tribales y, al mismo tiempo, acompasados como un trío de violines. Fundiéndose los tres en un acorde perfecto, resonando en sus entrañas como un solo trueno.

Gruñidos.

Rugidos.

Graznidos.

En su torrente sanguíneo, en cada respiración, en los fuegos artificiales de sus neuronas.

—Soy mis tres animales en paz —declaró, como el día que resolvió el acertijo.

Y se sentó en la máquina de coser.

13

Amanecer

Radiante, un año después.

Notó un zarandeo, pero lo ignoró. Apenas llevaba cinco horas durmiendo. Había apurado en la sastrería hasta media noche para terminar de preparar con su mujer el evento del día siguiente: la presentación de la segunda colección de trajes de colores. Este lanzamiento iba a ser muy diferente del anterior. Ya no se trataba de vestir un maniquí del escaparate y observar la reacción de los clientes. Esta vez eran los periodistas y reporteros gráficos de la ciudad quienes esperaban ansiosos el desfile de Gabriel, el discreto sastre que había roto todos los convencionalismos del mundo de la moda.

Como había soñado que podría llegar a ocurrir, la revolución no se limitó a la forma de vestir de la gente. Alcanzó a su forma de sentir. Cayeron muros. Se rompieron cadenas. Un buen día, uno de sus clientes colocó una maceta en un balcón. Otra flor que, como la de su hija, había nacido gracias a la gotera de alguna grieta. A ésa siguieron muchas más, un inmenso grafiti de pétalos que se apoderó de las fachadas, ya nunca grises. Una cosa llevó a la otra. Los televisores comenzaron a emitir en color, arrojando botes de pintura en los salones. Los padres no se quitaban los resplandecientes trajes ni para estar en casa y, para hacer juego con ellos, las puertas de los frigoríficos se llenaron de dibujos que sus hijos hacían con ceras que habían permanecido encerradas en los desvanes.

Era la magia del pequeño dátil. Un par de puntadas aquí y allá estaban transformándolo todo. Un pequeño sastre, un grano de arena en el desierto, diminuto, inmenso, brillante. Alguien único con un oso, un tigre y un dragón en su interior. Tres animales sanos que aunaron su poder para conducirle a la plenitud. El abrazo que desvaneció todo rastro de miedo, la garra que venció a la ansiedad que tiranizaba el mundo de las cosas, y la mirada desde las alturas que desterró para siempre el vacío que Gabriel, durante tanto tiempo, había sentido en su pecho como un agujero imposible de llenar.

Notó otro zarandeo. Esta vez sí que abrió un ojo.

Era su hija. Se había metido en la cama del matrimonio y, medio dormida, estiraba las piernas y los brazos para recomponer su postura.

Encendió la luz de la mesilla.

—¿Qué hora es? —dijo su mujer desperezándose.

—La de ponernos en marcha, que va a ser un gran día.

—Y tú... —le dijo a la niña, haciéndole cosquillas—. ¿Qué estás haciendo aquí?

Gabriel las besó y se levantó.

Fue hacia la ventana, descorrió la cortina y permaneció quieto frente a la noche oscura.

Su mujer se colocó a su lado y le cogió de la mano. La niña se le subió a la espalda. Sabían que era su momento preferido del día y querían vivirlo con él.

Primero fue un rayo tímido.

Luego la curvatura superior, candente.

Y, al poco, el sol entero que cada mañana llenaba de luz los hogares de Radiante.

La nueva luz que le enseñó a contemplar el astrónomo.

En todo su esplendor, celebrando la vida.

FIN

LA FILOSOFÍA

Toma conciencia de tus tres animales

En nuestro interior habitan tres animales: el oso, el tigre y el dragón. El oso ordena nuestras emociones y nos otorga la capacidad de amar; el tigre gestiona nuestras acciones para que alcancemos las metas en el mundo de las cosas; y el dragón contempla nuestra vida desde las alturas para que divisemos el propósito que la dota de sentido.

Mientras ignoramos su existencia, viven una lucha permanente de la que surgen el miedo, el estrés y el vacío, los tres grandes males que bloquean el camino del equilibrio. Pero cuando tomamos conciencia de que están ahí, todo cambia. De pronto, tienes en tus manos tres poderes destinados a alinear tu vida de forma natural.

Si los alimentas como es debido, dejarán de luchar, y, al cesar el conflicto, te transmitirán sus atributos para que camines firme hacia la realización personal. Abrazarás a tu oso y te sentirás único, más allá de tus grietas y virtudes; tu tigre mostrará su garra y saldrás adelante en el complejo día a día; el dragón se elevará para tomar distancia y afinará su mirada para que, sin que te arrastren las olas de las emociones y las acciones que vienen y van, puedas divisar lo verdaderamente importante.

Tres poderes en un ser único. Ése es el secreto para ser invencible. Eres tus tres animales al mismo tiempo, y todo el tiempo. Tus tres animales en paz.

El oso

El oso ordena nuestras emociones. Cuando lo abrazamos nos convertimos en dueños de nuestros sentimientos. Somos capaces de acoger en plenitud aquellos que nos hacen brillar y canalizar los demás para que no nos destruyan.

En nuestra vida diaria sentimos en todo momento. A veces disfrutamos de emociones maravillosas: confianza, amistad, alegría, admiración... Pero otras veces nos azotan las más duras: tristeza, ira, soledad, desamor... Lo curioso es que, ante el mismo escenario, unas personas sienten las primeras, y otras, las segundas. Unas sienten esperanza por lo que pueden llegar a ser, mientras que otras sienten culpabilidad por lo que todavía no han logrado. Unas sienten gratitud por lo que tienen, pero otras sienten frustración por lo que les falta. Esto quiere decir que lo que sientes no depende de las adversidades que te ves obligado a superar. Lo que sientes depende de cómo te enfrentas a ellas, de cómo te afectan. Depende de la salud de tu oso.

Un oso enfermo

Cuando tu oso está enfermo, vives atenazado por el miedo, el primero de los tres grandes males que nos paralizan e impiden nuestra realización personal. Tienes miedo a aceptarte, a perdonarte, a expresarte, a sentir, a ser, a vivir. Miedo a esa torturadora voz interior que se concentra en una sola de tus grietas y te hace creer que eres esa grieta.

Tu oso enferma por defecto de alimento, pero también por exceso si te entregas por completo a él y dejas de lado a tus otros dos animales. Si está poco alimentado eres insensible, sufres porque quieres ser otra persona, eres incapaz de compartir. En el otro extremo, si tu oso está sobrealimentado, te conviertes en un esclavo de tus emociones, frágil y vulnerable.

Alimenta a tu oso

Para alimentar al oso debes abrazarlo e inundarte de su compasión, de su aceptación y de su generosidad.

El primer destinatario has de ser tú mismo. Esto no es egoísmo, es el orden necesario para lograr el buen fin. Como cuando la azafata, en las recomendaciones de seguridad de un avión, dispone que en caso de despresurización te coloques la mascarilla de oxígeno antes de colocársela a tu hijo, porque de otro modo te desvanecerás mientras tratas de ayudarle y moriréis los dos.

Piensa en la piel del oso, en su textura, imagina el mejor de sus abrazos, la calidez de su sangre, la profundidad de su respiración y su presencia… y reencuéntrate contigo mismo. Sé compasivo contigo y podrás serlo con los demás. Acéptate como el ser único que eres y podrás comprender al prójimo. Sé generoso contigo y podrás dar al mundo la mejor de tus versiones. En una palabra: ámate a ti mismo y podrás entregar amor.

El oso se alimenta de emociones en ambas direcciones. Sé espléndido con la posibilidad de sentir y de expresarte. Observa qué acontecimientos de tu vida te afectan profundamente y compártelo. Recurre a tu familia y a tus amigos para ahondar en tus sentimientos. Permítete llorar, no juzgarte, perdonarte. Mírate al espejo y dedícate una sonrisa. Toca la tierra, camina descalzo sobre la hierba. Conecta con los detalles, observando qué experimentas cuando el agua de la ducha moja tu piel, cuando contemplas un paisaje o escuchas una canción determinada.

Pregúntate *¿quién soy?*, para luego poder preguntarte *¿quién quiero ser?* Desaprende para aprender tu propia realidad, empezando a creer de una vez por todas que puedes brillar.

Un oso sano

Cuando tu oso está bien alimentado y goza de buena salud no tienes miedo. Si no tienes miedo, eres libre. Y, si eres libre, disfrutas en plenitud las emociones maravillosas y acoges con naturalidad las más duras sin permitir que te afecten negativamente ni condicionen tus actos. Llega un momento en el que, con independencia de cuál sea el escenario que te toque atravesar, apenas tienes que lidiar con sentimientos destructivos; eso es porque, al no existir otro abono en tu jardín que el amor a ti mismo y a los demás, la mayoría no llegan a brotar. Vives en la paz del monje que no teme que le roben porque nada tiene que le pueda ser sustraído. Sabes bien quién eres: alguien único. Por eso brillas, porque no hay nadie como tú. Esta certeza es un tesoro que nadie te puede arrebatar.

El tigre

El tigre gestiona nuestra vida desde la razón, empujándonos a actuar. Cuando muestra su garra, alcanzamos nuestras metas en el mundo de las cosas.

Tenemos que comer y beber cada día, crecer en un sistema regido por normas complejas, andar un sendero lleno de ventanas de prosperidad, pero también de pozos de fracaso. Para ello, hemos de gestionar nuestro entorno con un plan de acción que nos sitúe en un lugar seguro y saludable. Así como el oso es nuestro animal para sentir, el tigre es nuestro animal para hacer.

Hay dos formas de afrontar las circunstancias del entorno: dejando que manden sobre nuestras acciones o siendo nosotros los que lideremos nuestra realidad. Una vez que el oso nos ha hecho descubrir que somos únicos, el tigre nos empuja a actuar para buscar el espacio que nos corresponde, o para crearlo si es necesario. No permite que nos arrastre la corriente; construye puentes.

Un tigre enfermo

Cuando tu tigre está poco alimentado, eres un ser inoperante carente de iniciativa. Te muestras cobarde, pasivo, estás débil y cada dos pasos hincas la rodilla. En el otro extremo, si tu tigre está sobrealimentado te vuelves temerario y te agota tu propia obstinación. Te conviertes en un mercenario esclavo de tus propias metas. Vives infectado de estrés, el segundo de los tres grandes males que nos paralizan. Te pueden los acontecimientos —tanto las crisis como el éxito— y caes víctima de relaciones destructivas y de trabajos que no te llenan y en los que, paradójicamente, inviertes la mayor parte de tu tiempo. Pasas tu existencia anclado en la carencia, siempre deseando más y más con independencia de cuánto poseas. Piensas que acumular riqueza (bienes, experiencias, estatus…) hará que te sientas pleno, sin ver que buena parte de esta fortuna termina siendo grasa nociva en el cuerpo del felino.

Alimenta a tu tigre

Para alimentar al tigre debes fijar una meta y trazar un plan racional que destruya cualquier excusa (sobre carencia de dinero, de tiempo, de facultades). Para ello utiliza sus tres atributos: valentía, resolución y firmeza.

La valentía del tigre te empuja a perseguir tus objetivos, aunque ello implique sacrificar algo por el camino. Solemos anclarnos a hábitos que nos resultan cómodos por el mero hecho de ser conocidos, pensando que, si perdemos cualquier cosa de lo que hemos acumulado hasta la fecha, todo nuestro universo personal se vendrá abajo. Eso sólo ocurrirá si te quedas parado. No puedes esperar al momento propicio, porque ese momento no existe. El mundo de las cosas es caótico, pero el guerrero rayado actúa con determinación en mitad de la batalla. Su resolución te brinda soluciones a través de la creatividad; y su firmeza te ayuda a seguir siempre adelante por complicado que se torne el camino, sin caer en la tentación de desviarte por supuestos senderos fáciles.

Piensa en la garra del tigre, en su cuerpo robusto pero ágil, en su pelaje rayado como las pinturas de guerra... y actúa.

El tigre se alimenta de acciones que buscan resultados eficaces, de objetivos cuantitativos, de cambios de rumbo para volver al camino, de sacrificio en pos de la recompensa final. Integra lo bueno que esas acciones aportan a tu vida, pero también lo malo, entendiendo que nada puedes tener sin merma. Valora el alcance de esa merma y decide con sentido común si te compensa en atención a los resultados. El tigre también se alimenta de salud. Mantén tu cuerpo en forma a través de una alimentación correcta, practicando deporte para ganar vitalidad. Rodéate con humildad de los mejores. Sus ideas, su experiencia, su entusiasmo, también son alimento.

Pregúntate *¿qué estoy haciendo?*, para luego poder preguntarte *¿qué quiero hacer?* Y da el primer paso. Ése llamará al siguiente, y éste a otro más.

Un tigre sano

Cuando tu tigre está bien alimentado y goza de buena salud no padeces estrés. Actúas con la serenidad del luchador al que no doblegan las circunstancias y persigues tus metas de forma ágil y decidida, seguro de lo que tienes que hacer y hasta dónde tienes que llegar. Sabes dónde está el equilibrio entre el beneficio de cada meta y el coste que te va a acarrear. Esta segunda certeza es un nuevo tesoro.

El dragón

El dragón contempla nuestra existencia desde las alturas, dotándola de un propósito que va más allá de las emociones y de las acciones del día a día. Cuando vuela, alcanzamos a ver la vida con la distancia y la perspectiva necesarias para relativizar sus vaivenes, no dejándonos llevar ni por las olas de los éxitos ni por las de los fracasos, y divisar lo verdaderamente importante.

Si el oso nos ofrece un *quién* (quién somos) y el tigre un *qué* (qué debemos hacer), el dragón nos revela un *porqué*. ¿Por qué debemos hacer? Vivir por vivir es un concepto banal. Hemos de tener un propósito que dote de sentido a nuestra existencia. Un propósito no es una meta. Engloba todas nuestras metas, es superior a ellas. Se sustenta en el atributo fundamental del dragón: la trascendencia.

Tenemos que caminar hacia una luz que esté más allá del éxito material. No se trata de empezar a actuar como si fuéramos dioses o héroes, ni hemos de pensar que todos los propósitos han de ser legendarios. Cualquier acto vivido plenamente en atención al propósito más humilde tendrá sin duda impacto en tu familia, en las personas que tienes alrededor, en el mundo que habitas.

Un dragón enfermo

Cuando tu dragón está enfermo, te sientes vacío. Tienes un agujero en el pecho que no sabes cómo llenar. El ritmo frenético de las emociones y de las acciones te nubla y no te permite vislumbrar tu propósito. Te preocupas tanto por las cosas que ni siquiera te planteas buscar su sentido. Te absorben tanto los aconteceres del micro que nunca llegas a alcanzar la visión del macro.

Si está poco alimentado, todo se te antoja trivial, te confundes con el caos, te angustia comprobar que tu paso por el mundo es intrascendente. Si está sobrealimentado, arranca tus pies del suelo y hace que te pierdas en un espacio de fantasía alejado de la realidad, donde tus vagos anhelos jamás tendrán impacto alguno ni en ti ni en los demás.

Alimenta a tu dragón

Para alimentar al dragón debes alejarte del ruido y situarte en una posición de quietud de corazón y de mente en la que puedas encontrar tu propósito.

Piensa en sus alas, deja que te suban más allá de las nubes, siente el aire... y contempla tu vida entera desde la distancia, relativizando los éxitos y los fracasos del mundo de las cosas.

Puedes hacerlo a través de la meditación, de la contemplación de la naturaleza, o perdiéndote por un barrio de tu ciudad donde nadie te conozca, sin reloj ni estímulos electrónicos. Date tiempo para estar solo (o, mejor dicho, contigo mismo), recupera la inocencia y ríe como un niño. Asómate a la ventana y abre el foco. Observa los acontecimientos con naturalidad dentro de la película de tu vida, no escena a escena. El dragón se nutre de cada partícula de silencio, porque cuando se aleja del caos amplifica su mirada para que veas más allá de ese caos. La quietud te conecta con un estado de sabiduría natural, no erudita. En ese estado, todo tiene sentido; y, si no lo tiene, sabrás dónde encontrarlo. Pregúntate *¿por qué?* No lo abordes desde la emoción del oso ni desde la razón del tigre, sino desde la intuición. Si puedes formular las preguntas, puedes encontrar las respuestas.

Un dragón sano

Cuando tu dragón está bien alimentado y goza de buena salud, no sientes vacío, sino plenitud. Desde el cielo disfrutas de la sabiduría de un maestro capaz de contextualizar las cosas y de dotar a cada una de su importancia relativa. Ves cómo las olas van y vienen sin dejarte arrastrar por ellas y divisas tu propósito. Sabes con certeza cuál es el sentido de tu vida. Esta tercera certeza es tu tercer tesoro.

El equilibrio de poderes

A Gabriel, el protagonista de la fábula del oso, el tigre y el dragón, se le ha hundido el negocio. No es capaz de mover un dedo, está tirado en un colchón en el taller de su sastrería. Sobre el papel, la solución a sus males sería alimentar a su tigre y ponerse a buscar otro trabajo. Pero aunque consiguiera resolver el ahogo económico, seguiría siendo igual de infeliz. Su oso y su dragón están tan mal alimentados como el tigre. No se ama, por miedo a ser él mismo. Se siente vacío, sin un propósito que dote de sentido a su existencia.

Para alcanzar la plenitud personal necesitamos que nuestros tres animales estén sanos. Los tres.

Lo más probable es que en ti haya un animal dominante. Hay quien es más oso, quien es más tigre, quien es más dragón. Y es cierto que, dependiendo de las diferentes etapas de tu vida, necesitarás alimentar más a uno u otro para reforzar su poder. En la juventud ha de rugir el tigre. En la madurez, un oso descuidado tras décadas de trabajo te reclama más atención. En los momentos de crisis, el dragón ha de volar alto para servir de faro, relativizando tus emociones y acciones y consolidando tu propósito trascendente. Son tus tres poderes y están ahí para que los uses de la forma que mejor te conduzca —en cada momento— a la plenitud personal. Pero para ello necesitas partir del equilibrio que sólo te brindará la buena salud de los tres animales.

Si están alimentados adecuadamente, conviven en paz en sus espacios respectivos. El oso en el calor de la tierra, buscando el abrigo del amor incondicional; el tigre en la superficie, gestionando los recursos; y el dragón en el cielo, tomando distancia. No hay interferencias y cada uno actúa con plena libertad en su espacio.

A Gabriel jamás le habrían doblegado los reveses de su sastrería si hubiera tenido un oso y un dragón sanos, con la certeza de *quién* era y *por qué* estaba ahí. Éstos no habrían entrado en lucha con el tigre, que podría haberse dedicado a batallar sin lastres en el día a día para encontrar el *qué* hacer para solucionar el problema empresarial. Pero, al estar enfermos, se produjo la fatal interferencia. En lugar de resolver las contrariedades desde la razón, Gabriel las convirtió en un asunto del corazón. Los problemas no sólo le ocupaban, le angustiaban, llegando a anularle. Un supuesto que, por desgracia, es tremendamente habitual.

Si te quedas sin trabajo o tu negocio se va a pique, el primer paso ha de ser alimentar a tu tigre y afrontar el problema con sus atributos (valentía, resolución y firmeza) para adaptarte al entorno y buscar el espacio que te corresponde como el ser único que eres. Si tu oso está sano tendrá la certeza de que brillas más allá de tus grietas, de que sigues siendo la misma persona que eras cuando el éxito te acompañaba. Y, sobre esta certeza, el tigre actuará con libertad y eficacia. Pero si tu oso está mal alimentado, saldrá de tu corazón y pasará a ocupar el espacio que habita el guerrero rayado, donde sólo será un estorbo. El equilibrio se habrá roto. Al tigre le costará mucho más resolver la situación laboral porque estará lastrado por un oso confundido que deambula por su zona de actuación. El tigre sabrá que si estás en horas bajas es porque tu puesto de trabajo ha dejado de existir o los clientes no demandan tu producto; sabrá que tienes que aportar tu talento en otro sitio, incluso que esa circunstancia puede ser una llamada de la vida. Pero el oso enfermo le gruñirá una y otra vez al oído que si te quedas en paro es porque eres un fracasado. Introducirá la zarpa en esa grieta hasta hacerte creer que no vales para nada. Te culpabilizarás, te deprimirás, no te perdonarás, no te aceptarás, dejarás de amarte... y no sólo no serás capaz de resolver el problema laboral, sino que entrarás en una espiral que te hundirá en el mismo pozo en el que se encontraba el protagonista de la fábula.

Ése no eres tú. La ruptura del equilibrio te conduce a una versión distorsionada de ti mismo. Tú eres tus tres animales en paz.

Llama al animal que necesites

Desde el equilibrio, eres libre de llamar al animal que necesitas para que despliegue todo su poder en cada escenario concreto.

La vida te habla, generando un sinfín de situaciones a las que has de responder desde la frecuencia del oso, del tigre o del dragón. En ocasiones habrás de abrazarla; otras le mostrarás tu garra; o tal vez te toque volar alto para observar las olas con distancia, relativizar lo negativo, valorar lo positivo y encontrar el verdadero sentido.

Apliquemos esta máxima a algo tan sencillo como una conversación. Piensa en cuántas veces una reunión de trabajo no te lleva a ningún sitio, o una cena de pareja se transforma en una amarga discusión. Esto ocurre porque los interlocutores hablan desde la frecuencia de animales diferentes.

Si tu empleado apela a tus emociones para solicitarte una mayor confianza y tú le contestas con una tabla de Excel, exigiéndole una mayor eficacia, comienza la lucha. Para evitar el conflicto, deberías primero contestarle desde tu oso, tratando de alcanzar un acuerdo sustentado en la mutua compasión, aceptación y generosidad. Y, una vez alineados, plantearle desde tu tigre las dificultades que atraviesa el negocio, a cuya resolución —a buen seguro— él sumará todo el compromiso y la fuerza de su propio felino.

Esta alineación no sólo ha de respetarse en las conversaciones de tú a tú. En general, no puedes gestionar tu negocio sirviéndote siempre de la garra del tigre. Utiliza también el abrazo del oso, que has de ofrecer tanto a empleados y clientes como a ti mismo y a las personas que amas. Pregunta a tu animal: ¿cuánta parte de mí o del tiempo que quiero pasar con mis seres queridos voy a invertir en esta meta? Del mismo modo, utiliza la afinada mirada del dragón que te impulsó a fundar el negocio y que te servirá de faro más allá de las inclemencias meteorológicas del día a día. Pregúntale: ¿me va a ayudar esta meta a alcanzar mi propósito y completar la vida que quiero vivir? ¿En qué estoy contribuyendo a un fin trascendente? Tras tomar una decisión consciente, con un oso y un dragón sanos acompañando en paz la acción del tigre (dotándole de una motivación emocionalmente saludable y con sentido), incluso los eventuales fracasos serán menores, ya que de inmediato retomarás el camino. Tendrás la certeza de qué has de hacer y hasta dónde debes llegar.

En el plano afectivo ocurre lo mismo. Si tu pareja, por ejemplo, te dice desde las alturas del dragón que es el momento de tener otro hijo, no puedes apelar a la hipoteca para rehusar la idea y esperar que no surja la lucha. Es obvio que el tigre tendrá algo que decir sobre su forma de adecuar la nueva situación en el mundo de las cosas, pero primero tendrás que ascender al espacio del dragón en el que se vislumbran los propósitos y, juntos, descender a la superficie de la tierra en la que habita tu guerrero rayado.

Del mismo modo que no puedes concebir la gestión de una empresa solo a base de garra de tigre, no puedes plantearte una relación de pareja sólo a base de abrazos de oso. Utiliza los atributos del felino para gestionar desde el primer día las complicaciones que seguro van a surgir en el mundo de las cosas; y también la perspectiva del dragón para crear un proyecto de vida en común que te ilumine en esos momentos en los que parece que todo se viene abajo.

Las tres reglas

◆ Toma conciencia de que el oso, el tigre y el dragón habitan en ti, tres poderes en un ser único.

- Alimenta al animal que está enfermo, sin descuidar la dieta equilibrada de los tres.

- Llama al animal que necesitas en cada momento y actúa desde su poder.

Tatuaje final

Ámate y ama desde la compasión, la aceptación y la generosidad, y brilla como el ser único que eres. Eres oso, tatúatelo en el corazón. Actúa con valentía, resolución y firmeza para conseguir tus metas en el mundo de las cosas. Eres tigre, tatúatelo en el cerebro.

Contempla tu vida desde las alturas para relativizar las olas del día a día y divisar el propósito trascendente que dotará de sentido a tu existencia. Eres dragón, tatúatelo en el alma.

Eres tus tres animales al mismo tiempo, y todo el tiempo. Tus tres animales en paz.

Cierra los ojos, permanece unos segundos en silencio y notarás sus corazones latiendo en tu interior. Sus tres latidos son tu latido.